科《か》学《がく》探《たん》偵《てい》　謎《なぞ》野《の》真《しん》実《じつ》シリーズ3

科学探偵 VS. 魔界の都市伝説

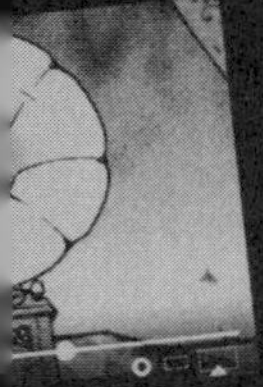

宮下

もくじ

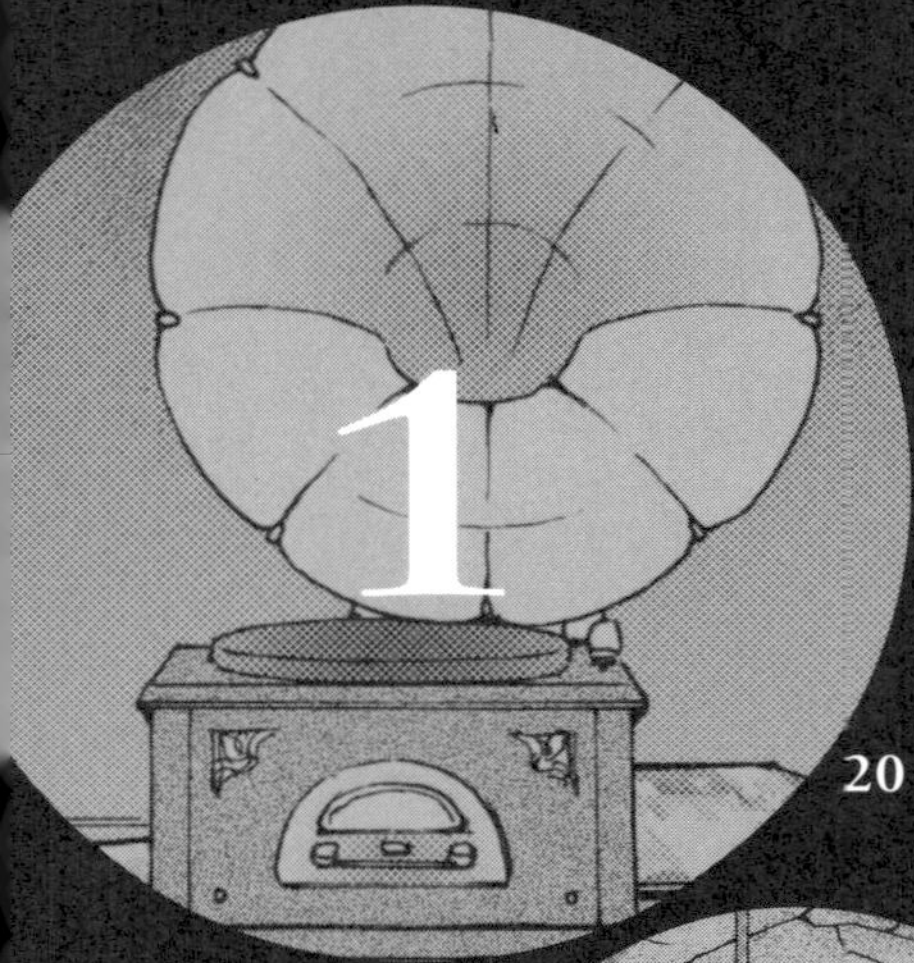

この本《ほん》の楽《たの》しみ方《かた》

この本《ほん》のお話《はなし》は、事件編《じけんへん》と解決編《かいけつへん》に分《わ》かれています。登場人物《とうじょうじんぶつ》と一緒《いっしょ》にナゾ解《と》きをして、事件《じけん》の真相《しんそう》を見《み》つけてください。ヒントはすべて、文章《ぶんしょう》と絵《え》の中《なか》にあります。

これまでのあらすじ

謎野真実《なぞのしんじつ》は、行方不明《ゆくえふめい》になった父・謎野快明《なぞのかいめい》を捜《さが》すため、花森小学校《はなもりしょうがっこう》にやってきた。1枚《まい》の写真《しゃしん》を手《て》がかりにして快明《かいめい》の行方《ゆくえ》を捜《さが》す真実《しんじつ》は、修学《しゅうがく》旅行先《りょこうさき》の京都《きょうと》で、快明《かいめい》の手紙《てがみ》を手《て》に入《い》れる。その手紙《てがみ》には、「わたしを助《たす》けてくれ」と記《しる》されていた。

登場人物《とうじょうじんぶつ》

大前先生《おおまえせんせい》

6年《ねん》2組《くみ》の担任《たんにん》。理科《りか》クラブの顧問《こもん》で、不思議《ふしぎ》な生物《せいぶつ》に目《め》がない。

浜田先生《はまだせんせい》

6年《ねん》の学年主任《がくねんしゅにん》。あだ名《な》は「ハマセン」。空気《くうき》はあまり読《よ》まない。

杉田《すぎた》ハジメ

6年《ねん》2組《くみ》の学級《がっきゅう》委員長《いいんちょう》。あだ名《な》は「マジメスギ」。規律《りつ》にうるさい。

謎野快明《なぞのかいめい》

真実《しんじつ》の父《ちち》で、ホームズ学園《がくえん》の科学教師《かがくきょうし》。現在《げんざい》、行方不明《ゆくえふめい》。

謎野真実《なぞのしんじつ》

エリート探偵育成学校《たんていいくせいがっこう》・ホームズ学園《がくえん》からの転校生《てんこうせい》。天才的《てんさいてき》な頭脳《ずのう》と幅広《はばひろ》い科学知識《かがくちしき》を持《も》つ。「科学《かがく》で解《と》けないナゾはない」が信条《しんじょう》。クラスは、6年《ねん》2組《くみ》。

宮下健太《みやしたけんた》

成績《せいせき》もスポーツも中《ちゅう》ぐらいのミスター平均点《へいきんてん》。超《ちょう》ビビリなくせに、不思議《ふしぎ》なことが大好《だいす》き。真実《しんじつ》と仲《なか》が良《よ》い。クラスは、6年《ねん》2組《くみ》。

飯島凛《いいじまりん》

真実《しんじつ》を心配《しんぱい》して花森小《はなもりしょう》にやってきた、ホームズ学園《がくえん》学園長《がくえんちょう》の息子《むすこ》。

青井美希《あおいみき》

「スクープ命《いのち》!」の新聞《しんぶん》部部長《ぶぶちょう》。取材力《しゅざいりょく》とカメラの腕《うで》には自信《じしん》あり。健太《けんた》とは幼《おさな》なじみ。クラスは、6年《ねん》1組《くみ》。

花森町《はなもりちょう》都市伝説《としでんせつ》マップ

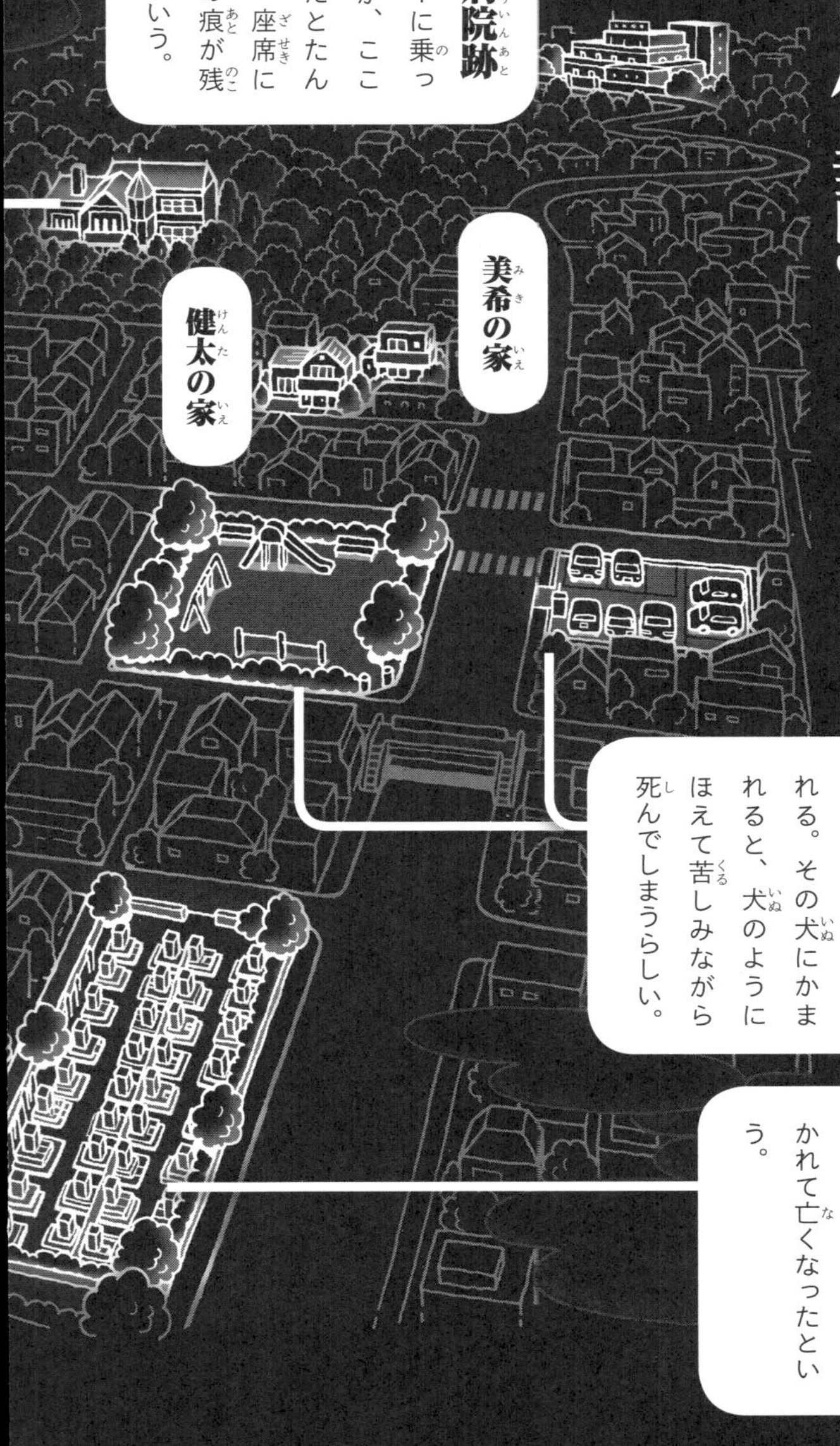

花森病院跡《はなもりびょういんあと》
タクシーに乗《の》った女性《じょせい》が、ここに着《つ》いたとたんに消《き》え、座席《ざせき》には、血《ち》の痕《あと》が残《のこ》されるという。
美希《みき》の家《いえ》
健太《けんた》の家《いえ》
公園《こうえん》と駐車場《ちゅうしゃじょう》
このあたりで、人《ひと》の顔《かお》をした犬《いぬ》が発見《はっけん》される。その犬《いぬ》にかまれると、犬《いぬ》のようにほえて苦《くる》しみながら死《し》んでしまうらしい。
墓地《ぼち》
塾帰《じゅくがえ》りの中学生《ちゅうがくせい》が、名無《なな》しの墓《はか》に名前《なまえ》を書《か》かれて亡《な》くなったという。

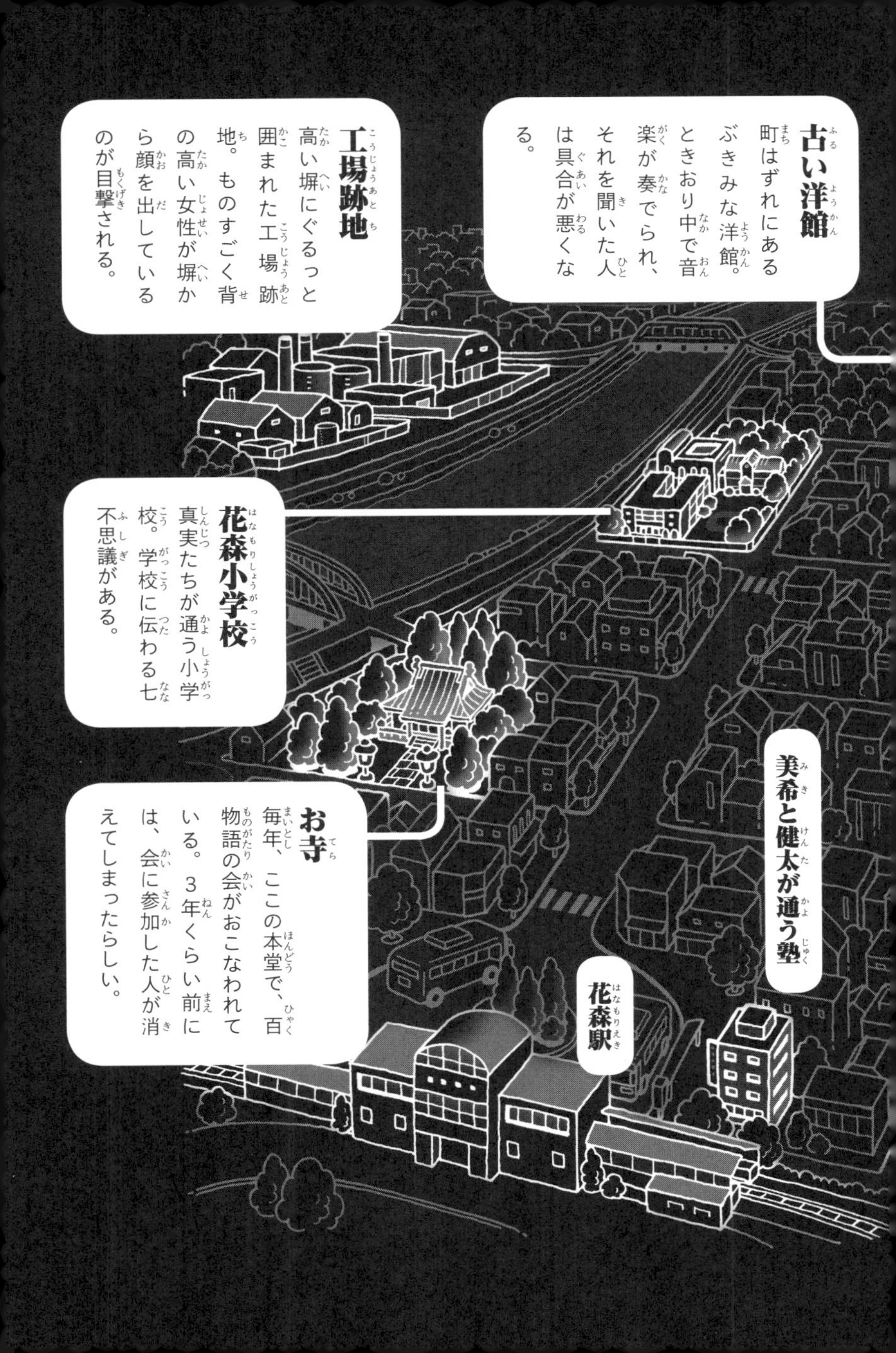

古《ふる》い洋館《ようかん》
町《まち》はずれにあるぶきみな洋館《ようかん》。ときおり中《なか》で音《おん》楽《がく》が奏《かな》でられ、それを聞《き》いた人《ひと》は具合《ぐあい》が悪《わる》くなる。
工場跡地《こうじょうあとち》
高《たか》い塀《へい》にぐるっと囲《かこ》まれた工場跡《こうじょうあと》地《ち》。ものすごく背《せ》の高《たか》い女性《じょせい》が塀《へい》から顔《かお》を出《だ》しているのが目撃《もくげき》される。
花森小学校《はなもりしょうがっこう》
真実《しんじつ》たちが通《かよ》う小学《しょうがっ》校《こう》。学校《がっこう》に伝《つた》わる七《なな》不思議《ふしぎ》がある。
お寺《てら》
毎年《まいとし》、ここの本堂《ほんどう》で、百《ひゃく》物語《ものがたり》の会《かい》がおこなわれている。3年《ねん》くらい前《まえ》には、会《かい》に参加《さんか》した人《ひと》が消《き》えてしまったらしい。
美希《みき》と健太《けんた》が通《かよ》う塾《じゅく》
花森駅《はなもりえき》

ザー、ザザッ　ザー、ザザッ

午前《ごぜん》0時《じ》――。

動画《どうが》サイト「I Tube《アイチューブ》」に、1件《けん》の動画《どうが》が投稿《とうこう》された。

動画《どうが》には、砂嵐《すなあらし》だけが映《うつ》しだされていた。

しかし、13秒後《びょうご》。

砂嵐《すなあらし》がやみ、何《なに》かがぼんやりと浮《う》かびあがってきた。

うす暗《ぐら》い部屋《へや》の中《なか》に、ひとりの人物《じんぶつ》が立《た》っている。

男《おとこ》なのか女《おんな》なのか、大人《おとな》なのか子《こ》どもなのか、まったくわからない。

その人物《じんぶつ》は、白《しろ》と黒《くろ》のぶきみな仮面《かめん》をつけていた。

「ワタシノ名前《なまえ》ハ、未来人《みらいじん》I《アイ》。ワタシハ、コレカラ起《お》キル恐怖《きょうふ》ノ出来事《できごと》ヲ予言《よげん》スルコトガデキル。ワタシハ予言《よげん》スル。マモナク、『死《し》ノめろでぃー』ガ鳴《な》リ響《ひび》キ、人々《ひとびと》ガ、モガキ苦《くる》シムダロウ」

機械《きかい》を通《とお》した低《ひく》い声《こえ》。
未来人《みらいじん》Ｉ《アイ》と名《な》のる謎《なぞ》の人物《じんぶつ》は指《ゆび》をパチンと鳴《な》らした。
画面《がめん》が暗《くら》くなっていく。
未来人《みらいじん》Ｉ《アイ》の姿《すがた》が消《き》え、砂嵐《すなあらし》が映《うつ》しだされる。
ザー、ザザッ　ザー、ザザッ
動画《どうが》はそのまま終了《しゅうりょう》した。

●

「昨日《きのう》、あの動画《どうが》ついに見《み》ちゃった！」

花森小学校《はなもりしょうがっこう》では、毎日《まいにち》いたるところで、生徒《せいと》たちが未来人《みらいじん》Ｉ《アイ》のことを話《はな》していた。

「わたしもこの前見《まえみ》たよ。すっごくぶきみだよね」

「おねえちゃんの中学校《ちゅうがっこう》でも、未来人《みらいじん》Ｉ《アイ》って有名《ゆうめい》らしいよ」

「前回《ぜんかい》の予言《よげん》、現実《げんじつ》に起《お》こったんだって」

動画《どうが》は深夜《しんや》の午前《ごぜん》0時《じ》ちょうどにアップされ、すぐに削除《さくじょ》されるので、1回《かい》の予言《よげん》は、1度《ど》しか見《み》ることができない。

「死《し》のメロディーってなんだろう……？」

みんな、未来人《みらいじん》Ｉ《アイ》の予言《よげん》に夢中《むちゅう》だった。


6年《ねん》2組《くみ》の教室《きょうしつ》でも、朝《あさ》から未来人《みらいじん》Ｉ《アイ》が話題《わだい》になっていた。

「くうう〜、ぼく、昨日《きのう》も結局見《けっきょくみ》られなかったよ」

宮下健太《みやしたけんた》は、窓側《まどがわ》の席《せき》に座《すわ》る謎野真実《なぞのしんじつ》にそう言《い》った。

不思議《ふしぎ》な話《はなし》が大好《だいす》きな健太《けんた》は未来人《みらいじん》Ｉ《アイ》の動画《どうが》を見《み》たくてしかたがなかった。しかし、いつも0時《じ》まで起《お》きていられないのだ。

「昨日《きのう》は目《め》ざまし時計《どけい》をセットしたのに、いつのまにか止《と》めちゃってた

予言《よげん》は可能《かのう》？

19世紀《せいき》のフランスの天文《てんもん》・数学者《すうがくしゃ》・ラプラスは、「物質《ぶっしつ》は物理学《ぶつりがく》の法則《ほうそく》に基《もと》づいて動《うご》いているので、すべての原子《げんし》の位置《いち》と運動量《うんどうりょう》を知《し》る者《もの》（ラプラスの悪魔《あくま》）がいれば、未来《みらい》はすべて予見《よけん》できる」という説《せつ》をとなえた。しかし、20世紀《せいき》に生《う》まれた量子力学《りょうしりきがく》によって、「位置《いち》と運動量《うんどうりょう》は同時《どうじ》に知《し》ることができない」ことが明《あき》らかにされ、この説《せつ》はほぼ否定《ひてい》された。

よ」

落《お》ちこむ健太《けんた》を見《み》て、真実《しんじつ》は小《ちい》さく溜《た》め息《いき》をついた。

「健太《けんた》くん、キミは予言《よげん》なんて非科学的《ひかがくてき》なものを信《しん》じているのかい？」

「信《しん》じたくはないけど、ほらっ、天気予報《てんきよほう》とかもよく当《あ》たるでしょ。だからあの予言《よげん》も当《あ》たるんじゃないかって心配《しんぱい》なんだ」

「天気予報《てんきよほう》は、科学的《かがくてき》なデータを分析《ぶんせき》して天気《てんき》を予測《よそく》しているんだ。その未来人《みらいじん》とやらは、どんなデータを分析《ぶんせき》してるっていうんだい？」

「そ、それはええっと……」

説明《せつめい》できない健太《けんた》をよそに、真実《しんじつ》は窓《まど》の

外《そと》をながめた。

（真実《しんじつ》くんは、お父《とう》さんのことで頭《あたま》がいっぱいだよね……）

真実《しんじつ》は修学旅行先《しゅうがくりょこうさき》の京都《きょうと》で、父《ちち》・謎野快明《なぞのかいめい》からの手紙《てがみ》を受《う》け取《と》った。

そこには「わたしを助《たす》けてくれ」と書《か》かれていた。

快明《かいめい》はある島《しま》へ行《い》ったきり、行方《ゆくえ》がわからなくなっているのだ。

真実《しんじつ》は修学旅行《しゅうがくりょこう》から帰《かえ》ってきてからというもの、その島《しま》がどこにあるのかを、ずっと調《しら》べていた。

しかし、どれだけ調《しら》べても、まったく手《て》がかりはなかった。

（真実《しんじつ》くん、ホームズ学園《がくえん》の学園長《がくえんちょう》にも聞《き》いてみたって言《い》ってたけど）

ホームズ学園《がくえん》は探偵《たんてい》を育成《いくせい》する学校《がっこう》である。学園長《がくえんちょう》も世界的《せかいてき》な名探偵《めいたんてい》だ。

（だけど、そんな人《ひと》が調《しら》べてもわからなかったんだよね）

そのせいで、真実《しんじつ》はここしばらく、あまり元気《げんき》がない。

健太《けんた》はそんな真実《しんじつ》が心配《しんぱい》だった。

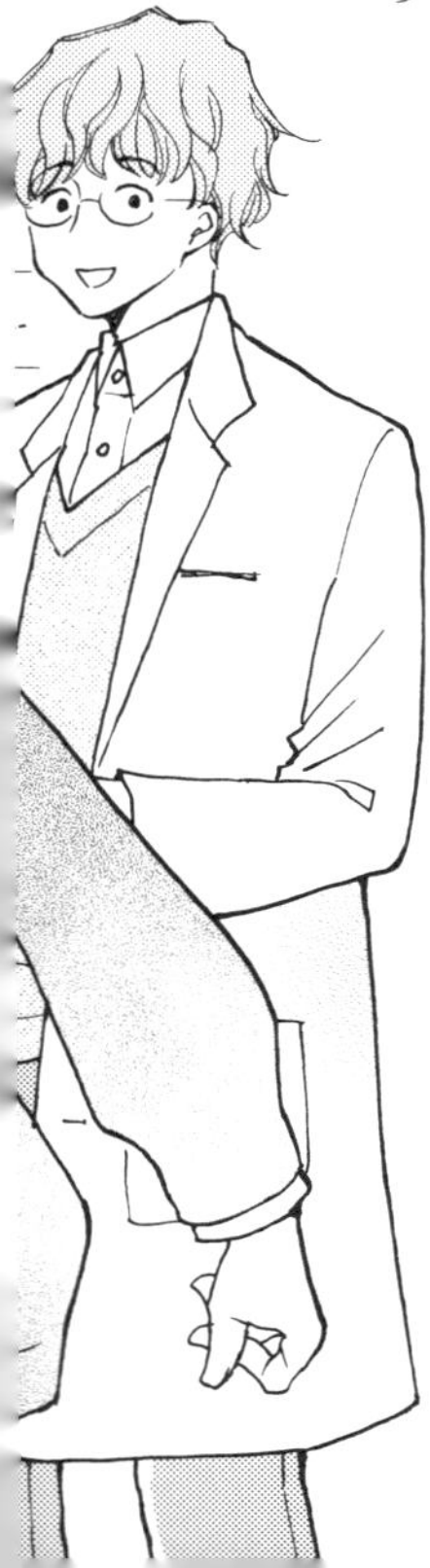

天気予報《てんきよほう》が分析《ぶんせき》しているデータって？

天気予報《てんきよほう》のもとになるデータは、「風《かぜ》の向《む》き」「雨量《うりょう》」「気温《きおん》」「気圧《きあつ》」など。これらは、全国《ぜんこく》約《やく》1300か所《しょ》に設置《せっち》された「アメダス」で観測《かんそく》され、集《あつ》めたデータをコンピューターで分析《ぶんせき》して、天気《てんき》を予測《よそく》している。

「おはよう！」

担任《たんにん》の大前先生《おおまえせんせい》が教室《きょうしつ》に入《はい》ってきた。

みな、自分《じぶん》の席《せき》に戻《もど》る。

「今日《きょう》はみんなに新《あたら》しい友達《ともだち》を紹介《しょうかい》するぞ」

「えっ、こんな時期《じき》に？」

健太《けんた》が時期《じき》はずれの転校生《てんこうせい》に驚《おどろ》いていると、ひとりの男《おとこ》の子《こ》が教室《きょうしつ》に入《はい》ってきた。

クルクルの茶色《ちゃいろ》い巻《ま》き毛《げ》で、白《しろ》い肌《はだ》に、大《おお》きなとび色《いろ》の目《め》をした男《おとこ》の子《こ》。

「わあ～、いた～。真実《しんじつ》く～ん！」

突然《とつぜん》、男《おとこ》の子《こ》は笑顔《えがお》で真実《しんじつ》に駆《か》けよると、ギュッと手《て》を握《にぎ》った。

とび色《いろ》
とび（とんび）の羽《はね》のようなこげ茶色《ちゃいろ》。

「し、真実《しんじつ》くんの知《し》りあい？」

健太《けんた》がたずねると、大前先生《おおまえせんせい》が答《こた》えた。

「彼《かれ》はホームズ学園《がくえん》で謎《なぞ》のクラスメートだったんだよ」

「えええ～！」

「しかも、ホームズ学園《がくえん》の学園長《がくえんちょう》の息子《むすこ》だ」

「えええええ～！」

「じゃあ、探偵《たんてい》のエリートってこと？」

「学園長《がくえんちょう》の息子《むすこ》ってことは、もしかして学園《がくえん》でいちばん優秀《ゆうしゅう》だったとか？」

生徒《せいと》たちがそう言《い》うと、男《おとこ》の子《こ》は「ううん、違《ちが》うよ」と答《こた》えた。

「学園《がくえん》でいちばん優秀《ゆうしゅう》だったのは真実《しんじつ》くんだよ。ボクはそれほど推理《すいり》が得意《とくい》じゃなくて」

男《おとこ》の子《こ》は、はにかみながら、チラリと真実《しんじつ》を見《み》た。

「ボク、真実《しんじつ》くんをずっと尊敬《そんけい》してたんだ。また会《あ》えてすっごくうれしい！」

「久《ひさ》しぶりだね。……とりあえず、手《て》を離《はな》してくれるかな」

「あっ、ごめんね。えへへ」

男《おとこ》の子《こ》は手《て》を離《はな》すと、生徒《せいと》たちのほうに顔《かお》を向《む》けた。

「ボクの名前《なまえ》は、飯島凛《いいじまりん》っていいます！　みなさん、よろしくお願《ねが》いします！」

「みんな仲《なか》よくするんだぞ。ええっと、飯島《いいじま》は謎野《なぞの》のとなりの席《せき》だ」

「はい」

凛《りん》はニコニコしながら、真実《しんじつ》のとなりの席《せき》に座《すわ》った。

「さあ、授業《じゅぎょう》をはじめるぞ～」

大前先生《おおまえせんせい》は黒板《こくばん》に文字《もじ》を書《か》きはじめた。

そんなか、凛《りん》は真実《しんじつ》に小声《こごえ》で話《はな》しかけた。

「ねえ、真実《しんじつ》くん」

「なんだい？」

「お父《とう》さんから、真実《しんじつ》くんに伝《つた》えるようにって言《い》われたことがあるんだ」

「学園長《がくえんちょう》に？」

「島《しま》のことはちゃんと調《しら》べるから、詳《くわ》しいことがわかるまで待《ま》っていなさいって」

「それって」

「真実《しんじつ》くんがお父《とう》さんを捜《さが》すために、ムチャをしないか心配《しんぱい》してるんだよ。真実《しんじつ》くんのお父《とう》さんとボクのお父《とう》さんってとっても仲《なか》がよかったでしょ」

快明《かいめい》はホームズ学園《がくえん》で科学《かがく》の教師《きょうし》をしていた。

「ボクのお父《とう》さんは名探偵《めいたんてい》で警察関係《けいさつかんけい》にも知《し》りあいが多《おお》いでしょ。だから、きっと真実《しんじつ》くんのお父《とう》さんのことも見《み》つけだしてくれるはずだよ。ボクも、真実《しんじつ》くんのことが心配《しんぱい》だったから、この学校《がっこう》に転校《てんこう》してきたんだよ」

「そうか……、心配《しんぱい》かけたね」

「ううん。これからまた一緒《いっしょ》にいられるから、ボク、すっごくうれしいんだ」

凛《りん》はニッコリと笑《わら》った。

「たいへんよ！　たいへん！」

突然《とつぜん》、となりのクラスの青井美希《あおいみき》が教室《きょうしつ》に飛《と》びこんできた。

「おいおい、青井《あおい》。もう授業《じゅぎょう》がはじまってるんだぞ」

「一大事《いちだいじ》なんです！　真実《しんじつ》くん、わたし、とんでもないもの見《み》つけちゃったの！」

「とんでもないもの？」

「美希《みき》ちゃん、それってなに？」

「健太《けんた》くん、未来人Ｉ《みらいじんアイ》は知《し》ってるわよね？」

「もちろん」

「その未来人Ｉ《みらいじんアイ》につながる、重大《じゅうだい》な情報《じょうほう》を手《て》に入《い》れたわよ！」

「ええええ〜!!」


「死《し》ノめろでぃー」が鳴《な》リ響《ひび》キ、人々《ひとびと》ガ、モガキ苦《くる》シムダロウ――

未来人Ｉ《みらいじんアイ》の予言《よげん》は、本当《ほんとう》に現実《げんじつ》になるのだろうか？

死《し》のメロディー

魔界《まかい》の都市伝説《としでんせつ》 1

事件編《じけんへん》

休《やす》み時間《じかん》――。

健太《けんた》、真実《しんじつ》、美希《みき》、そして飯島凛《いいじまりん》も加《くわ》えた4人《にん》は、新聞部《しんぶんぶ》の部室《ぶしつ》にいた。

「ついに、あの未来人Ｉ《みらいじんアイ》が、わたしにコンタクトを取《と》ってきたのよ！」

美希《みき》の言葉《ことば》に、健太《けんた》は驚《おどろ》いた。

「えっ、あのうわさの未来人Ｉ《みらいじんアイ》!?　まだぼくは、動画《どうが》を見《み》たことないけど……」

「ねえねえ、未来人Ｉ《みらいじんアイ》って、そんなに有名《ゆうめい》なの～？」

凛《りん》は、不思議《ふしぎ》そうに美希《みき》にたずねた。

「あなた、ホームズ学園《がくえん》から新《あたら》しく来《き》た転校生《てんこうせい》ね。未来人Ｉ《みらいじんアイ》は、もちろん有名《ゆうめい》よ！　先生《せんせい》や親《おや》たちはバカにして相手《あいて》にしないけど、子《こ》どもたちのあいだじゃ、その話題《わだい》でもちきりなんだから」

「たしか予言《よげん》は、死《し》のメロディーとかいうやつだよね。それって……聞《き》いたら、死《し》んじゃうってことかな？」

「あはは、聞《き》いたら死《し》んじゃうなんて、非科学的《ひかがくてき》だよ～」

健太《けんた》の言葉《ことば》を笑顔《えがお》で否定《ひてい》する凛《りん》。

「たしかに非科学的《ひかがくてき》だね」

真実《しんじつ》も凛《りん》に同意《どうい》した。

「フフン、あなたたち、これを見《み》ても、非科学的《ひかがくてき》だとバカにできるかしら?」

美希《みき》は、1通《つう》の手紙《てがみ》をみんなの前《まえ》に差《さ》しだした。

「なんなのそれ? 美希《みき》ちゃん」

健太《けんた》が見《み》ると、外国製《がいこくせい》と思《おも》われる白《しろ》い封筒《ふうとう》には、金色《きんいろ》の文字《もじ》で「招待状《しょうたいじょう》」と書《か》かれていた。封筒《ふうとう》の裏《うら》は、赤《あか》いろうで封《ふう》がされ、馬《うま》のような紋章《もんしょう》が刻印《こくいん》されている。

「この招待状《しょうたいじょう》が、新聞部《しんぶんぶ》の投書箱《とうしょばこ》に入《はい》っていたのよ。はじめはイタズラかと思《おも》ったけど、それにしては、手《て》が込《こ》みすぎてるでしょ」

美希《みき》は、封筒《ふうとう》から真《ま》っ白《しろ》なカードを取《と》りだす。

カードには、血《ち》のような赤《あか》いインクで文字《もじ》が書《か》かれていた。

《甘《あま》き、恐怖《きょうふ》の調《しら》べ。
死《し》のレコード 鑑賞会《かんしょうかい》へのご招待《しょうたい》》

「死《し》のレコード鑑賞会《かんしょうかい》……？　レコードってなに？」

不思議《ふしぎ》そうにつぶやく健太《けんた》に、真実《しんじつ》が解説《かいせつ》する。

「今《いま》はネットやＣＤ《シーディー》で音楽《おんがく》を聞《き》くのが当《あ》たり前《まえ》だけど、昔《むかし》はレコードといって、プラスチック製《せい》の円盤《えんばん》で音楽《おんがく》を聞《き》いていたんだ。レコード盤《ばん》に彫《ほ》られた細《ほそ》い溝《みぞ》に音楽《おんがく》が記録《きろく》されていて、その溝《みぞ》を針《はり》でなぞることで音《おと》を再生《さいせい》するしくみだよ」

「じゃあ、そのレコードを聞《き》いたら、死《し》んじゃうってことなのかな」

健太《けんた》は、血《ち》のような真《ま》っ赤《か》な文字《もじ》を見《み》て、ふるえあがる。

「ほらね、実際《じっさい》に死《し》のメロディーをかなでるレコードが実在《じつざい》するのよ。大事件《だいじけん》でしょ。招待状《しょうたいじょう》には、あて名《な》も日付《ひづけ》も書《か》かれてないけど、封筒《ふうとう》に地図《ちず》が入《はい》ってたわ。ねぇ、今日《きょう》の放課後《ほうかご》みんなで行《い》ってみない？」

「おもしろいね。どんなメロディーを聞《き》かせてくれるのかな」

真実《しんじつ》は、そう言《い》って人差《ひとさ》し指《ゆび》で眼鏡《めがね》をクイッとあげた。

甘き、恐怖の調べ。
死のレコード鑑賞会
へのご招待

「ボクも行《い》く行《い》く〜。興味津々《きょうみしんしん》だよ」

凛《りん》も、笑顔《えがお》で手《て》をあげた。

「えっ？　死《し》のメロディーだよ……。みんな、行《い》くの？」

健太《けんた》は、驚《おどろ》いたようにみんなの顔《かお》を見《み》た。

「当《あ》ったり前《まえ》でしょ！　スクープをゲットできるチャンスなんだし、あの話題沸騰中《わだいふっとうちゅう》の未来人I本人《みらいじんアイほんにん》からのお誘《さそ》いかもしれないのよ。みんなで行《い》かなくてどうするのよ！　いい？　放《ほう》課後《かご》、校門前《こうもんまえ》に集合《しゅうごう》よ！」


放課後《ほうかご》――。

同封《どうふう》されていた地図《ちず》を頼《たよ》りに、真実《しんじつ》たちは町《まち》はずれのうっそうとした森《もり》にやってきた。

「単《たん》なるイタズラじゃないのかあ？　こんなとこに家《いえ》があるはずないだろ」

ハマセンこと、浜田先生《はまだせんせい》のいぶかしげな声《こえ》が響《ひび》く。

実《じつ》は、校門前《こうもんまえ》で４人《にん》が待《ま》ち合《あ》わせしていたときに、

「おーい、みんなで集《あつ》まって、いったいどこへ行《い》くんだ？」

と、ハマセンに捕《つか》まってしまったのだ。

ハマセンに、まっすぐな目《め》で見《み》つめられ、健太《けんた》たちは思《おも》わずすべてを話《はな》してしまった。

そして、なぜかハマセンも、ついてくることになったのだった。


うす暗《ぐら》くぶきみな森《もり》を、真実《しんじつ》と美希《みき》と凛《りん》のあとについて、おそるおそる進《すす》む、健太《けんた》。

その健太《けんた》のうしろを、笑《わら》いながらついてくるハマセン。

「おまえたちだけじゃ危険《きけん》だからな。まぁイタズラに決《き》まってるが、子《こ》ども時代《じだい》の冒険《ぼうけん》は必《ひつ》要《よう》だ、おおいにやるがいい。先生《せんせい》が見守《みまも》っていてやるぞ」

ハマセンは、ガハハと笑《わら》った。

（ハマセンがいて心強《こころづよ》いけど、なんか面倒《めんどう》なことになりそうな気《き》がする……）

健太《けんた》は、ハマセンに招待状《しょうたいじょう》のことを話《はな》したのを、すでに後悔《こうかい》していた。


「あそこに、洋館《ようかん》が見《み》えるよ」

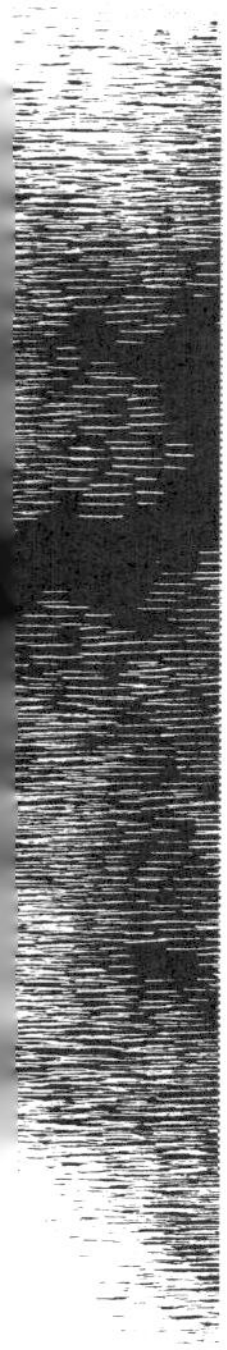

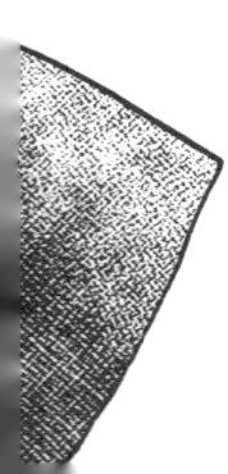

真実《しんじつ》が指《ゆび》さす先《さき》には、木々《きぎ》のすきまから古《ふる》めかしい洋館《ようかん》の屋根《やね》が見《み》える。

「ホントだ、あんなところに!」

驚《おどろ》く健太《けんた》に、美希《みき》が思《おも》いだしたようにつぶやく。

「そうだ、聞《き》いたことあるわ。花森町《はなもりちょう》に、昔《むかし》、外交官《がいこうかん》をしていた外国人《がいこくじん》が住《す》んでいた、歴史《れきし》のある屋敷《やしき》のこと。今《いま》は古《ふる》くなって誰《だれ》も住《す》んでないらしいけど」

洋館《ようかん》の鉄《てつ》の門《もん》の前《まえ》に立《た》つ、真実《しんじつ》たち。

建物《たてもの》は、ツタがからまり壁《かべ》は朽《く》ちかけて、ぶきみな雰囲気《ふんいき》だった。

門《もん》は開《ひら》かれているが、あたりにはひとけがなく、ひっそりと静《しず》まりかえっている。

ハマセンは急《きゅう》におじけづいたのか、みんなを見《み》て言《い》った。

「これは……さすがに勝手《かって》に入《はい》っちゃまずいだろう」

「先生《せんせい》、せっかくここまで来《き》たんだから、行《い》ってみましょう」

外交官《がいこうかん》　国《くに》を代表《だいひょう》して外国《がいこく》に派《は》遣《けん》され、外国《がいこく》との交《こう》渉《しょう》や、外国《がいこく》にいる自国《じこく》の国民《こくみん》を守《まも》る仕事《しごと》などをする公務員《こうむいん》。

真実《しんじつ》は門《もん》の中《なか》へと足《あし》を踏《ふ》み入《い》れ、洋館《ようかん》の扉《とびら》に向《む》かって歩《ある》きだした。

「お、おい！　やめとけ！」

ハマセンは真実《しんじつ》の背中《せなか》に声《こえ》をかけるが、真実《しんじつ》は気《き》にせず進《すす》む。

「ちゃんと招待状《しょうたいじょう》はあるんです。先生《せんせい》、だいじょうぶですよ」

と、美希《みき》もあとに続《つづ》く。

「なんか探検《たんけん》みたいで、ワクワクするね！」

凛《りん》も、そのあとをスキップしながらついていった。

「ホラー映画《えいが》に出《で》てくる洋館《ようかん》みたいだけど……」

怖《こわ》さと期待《きたい》が入《い》りまじった気持《きも》ちで、健太《けんた》もあとに続《つづ》いた。

みんなのうしろ姿《すがた》を見《み》て、ハッとするハマセン。

「いつから、オレは子《こ》どもたちの冒険《ぼうけん》を止《と》めるような大人《おとな》になっちまったんだ……。よーし、オレが責任《せきにん》を持《も》って見守《みまも》ってやるぞ。おい、だからオレを置《お》いていくんじゃない！」

ハマセンは自分《じぶん》の言葉《ことば》に酔《よ》いしれながら、あわててみんなのあとを追《お》いかけた。

真実《しんじつ》が洋館《ようかん》の扉《とびら》に手《て》をかけると、

ガチャリ……

あっけなく扉《とびら》は開《ひら》いた。

真実《しんじつ》に続《つづ》いて、美希《みき》たちもおそるおそる中《なか》をのぞいた。

「木造《もくぞう》で、かなり年代《ねんだい》ものの建物《たてもの》だわねぇ」

内部《ないぶ》はうす暗《ぐら》かった。ほこりっぽく、よどんだ空気《くうき》がたちこめていた。

「あの、ごめんくださーい！　誰《だれ》かいますか？」

健太《けんた》は、勇気《ゆうき》を出《だ》して、屋敷内《やしきない》の暗闇《くらやみ》に語《かた》りかけてみた。

「この屋敷《やしき》、気味《きみ》が悪《わる》すぎる……。レコード鑑賞会《かんしょうかい》なんかやる雰囲気《ふんいき》じゃないだろ。ここには誰《だれ》もいない。ただの廃屋《はいおく》だ」

ハマセンはまたしても腰《こし》がひけている。

「いいえ、先生《せんせい》」

真実《しんじつ》は、床《ゆか》に落《お》ちている小《ち》さな枯《か》れ葉《は》を手《て》に取《と》った。

「これは屋敷《やしき》の庭《にわ》に生《は》えているヒイラギの葉《は》です。窓《まど》のないこの場所《ばしょ》に落《お》ちているということは、最近《さいきん》、誰《だれ》かがこの扉《とびら》を開《あ》け、出入《でい》りしたということです」

「……なるほど、そう言《い》われるとそうだな」

ハマセンは少《すこ》し安心《あんしん》したようだ。

広《ひろ》い玄関《げんかん》ホールには、奥《おく》と左右《さゆう》にひとつずつのドアと、２階《かい》へと向《む》かう階段《かいだん》があった。

「まずは、１階《かい》から調《しら》べてみよう」

真実《しんじつ》はそう言《い》うと、ひとつずつドアを開《あ》け、部屋《へや》の中《なか》を確《たし》かめていく。

ほかのみんなも、床《ゆか》がミシミシと鳴《な》るなか、真実《しんじつ》についていく。

右《みぎ》の部屋《へや》には、クモの巣《す》がはった古《ふる》ぼけたピアノが置《お》かれていた。

奥《おく》の部屋《へや》には、ぶきみな西洋《せいよう》のよろいが飾《かざ》られていた。

左《ひだり》の部屋《へや》には、立派《りっぱ》な暖炉《だんろ》があり、床《ゆか》が白《しろ》と茶色《ちゃいろ》の木《き》でマス目《め》のようにデザインされていた。

「なんだかオシャレな部屋《へや》。床《ゆか》のデザインがすてきね」

ヒイラギ
ギザギザの葉《は》を持《も》ち、冬《ふゆ》に白《しろ》い花《はな》を咲《さ》かせるモクセイ科《か》の植物《しょくぶつ》。古《ふる》くから日本《にほん》では、節分《せつぶん》にヒイラギにイワシの頭《あたま》を刺《さ》したものを、魔《ま》よけとして飾《かざ》る風習《ふうしゅう》がある。ちなみに、クリスマスの飾《かざ》りでおなじみの、赤《あか》い実《み》をつけるセイヨウヒイラギ（モチノキ科《か》）は別種《べっしゅ》。

美希《みき》は思《おも》わず声《こえ》をあげた。

「1階《かい》には、なんにもなかったねぇ」

1階《かい》の部屋《へや》をすべて見終《みお》えると、凛《りん》は、みんなの顔《かお》を見《み》て言《い》った。

「2階《かい》も調《しら》べてみようよ」

階段《かいだん》のほうを指《ゆび》さす健太《けんた》に、真実《しんじつ》もうなずく。

ギシリ……

ギシリ……

きしむ木製《もくせい》の階段《かいだん》を、慎重《しんちょう》に1段《だん》ずつ上《のぼ》る。

2階《かい》には、部屋《へや》がふたつあった。

ひとつめの部屋《へや》には、ドレスを着《き》た女性《じょせい》の大《おお》きな肖像画《しょうぞうが》が飾《かざ》られていた。

健太《けんた》は、その女性《じょせい》のさびしげな目《め》に見《み》つめられたように感《かん》じて寒気《さむけ》がした。

（ホントに、なんて趣味《しゅみ》の悪《わる》いお屋敷《やしき》なんだ……）

もうひとつの部屋《へや》には、中央《ちゅうおう》に、異国風《いこくふう》の大《おお》きなつぼが置《お》かれていた。

「これで……この屋敷《やしき》の部屋《へや》は、ぜんぶ見《み》たよね」

健太《けんた》は首《くび》をかしげながら言《い》った。

奇妙《きみょう》なことに鑑賞会《かんしょうかい》がおこなわれている部屋《へや》はおろか、レコードが置《お》いてある部屋《へや》すら見《み》あたらなかったのだ。

「……さぁ、これであきらめがついたろ。ぜんぶイタズラだったんだ、帰《かえ》るぞ」

ハマセンの言葉《ことば》に安心《あんしん》しつつも、健太《けんた》は少《すこ》しがっかりしてつぶやいた。

「やっぱりイタズラだったのかな……」

そのとき、口元《くちもと》に手《て》をあてて考《かんが》えていた真実《しんじつ》が、ハッと美希《みき》のほうを見《み》る。

「美希《みき》さん、もう一度《いちど》、招待状《しょうたいじょう》を見《み》せてくれないかな」

美希《みき》から招待状《しょうたいじょう》の入《はい》った封筒《ふうとう》を受《う》けとると、真実《しんじつ》は、封筒《ふうとう》の裏《うら》をじっと見《み》つめた。

「ろうに刻印《こくいん》された紋章《もんしょう》……。これが、ナゾを解《と》くためのヒントかもしれない」

真実《しんじつ》に言《い》われて、美希《みき》もまじまじと見《み》る。

「うーん、なんてことない馬《うま》の頭《あたま》みたいに見《み》えるけど」

ハマセンも封筒《ふうとう》を見《み》てうなずく。

「たしかに馬《うま》だな……。馬《うま》の頭《あたま》だけとは、気持《きも》ち悪《わる》いなぁ」

そのとき、健太《けんた》が叫《さけ》んだ。

「**あぁ——!!**」

突然《とつぜん》の大声《おおごえ》に、背筋《せすじ》がビクーン！となったハマセン。ひとり、アワアワとその場《ば》をせわしなく歩《ある》き回《まわ》る。

「なんだ！　なんだ！　何《なに》が起《お》こった!?」

健太《けんた》は自信満々《じしんまんまん》に言《い》う。

「わかったぞ。これはやっぱりイタズラだったんだ。ぼくたちはだまされたんだ！」

「……どういうことよ？」

「美希《みき》ちゃん、バカって漢字《かんじ》でどう書《か》く？」

「……馬《うま》と……鹿《しか》って、書《か》くわね」

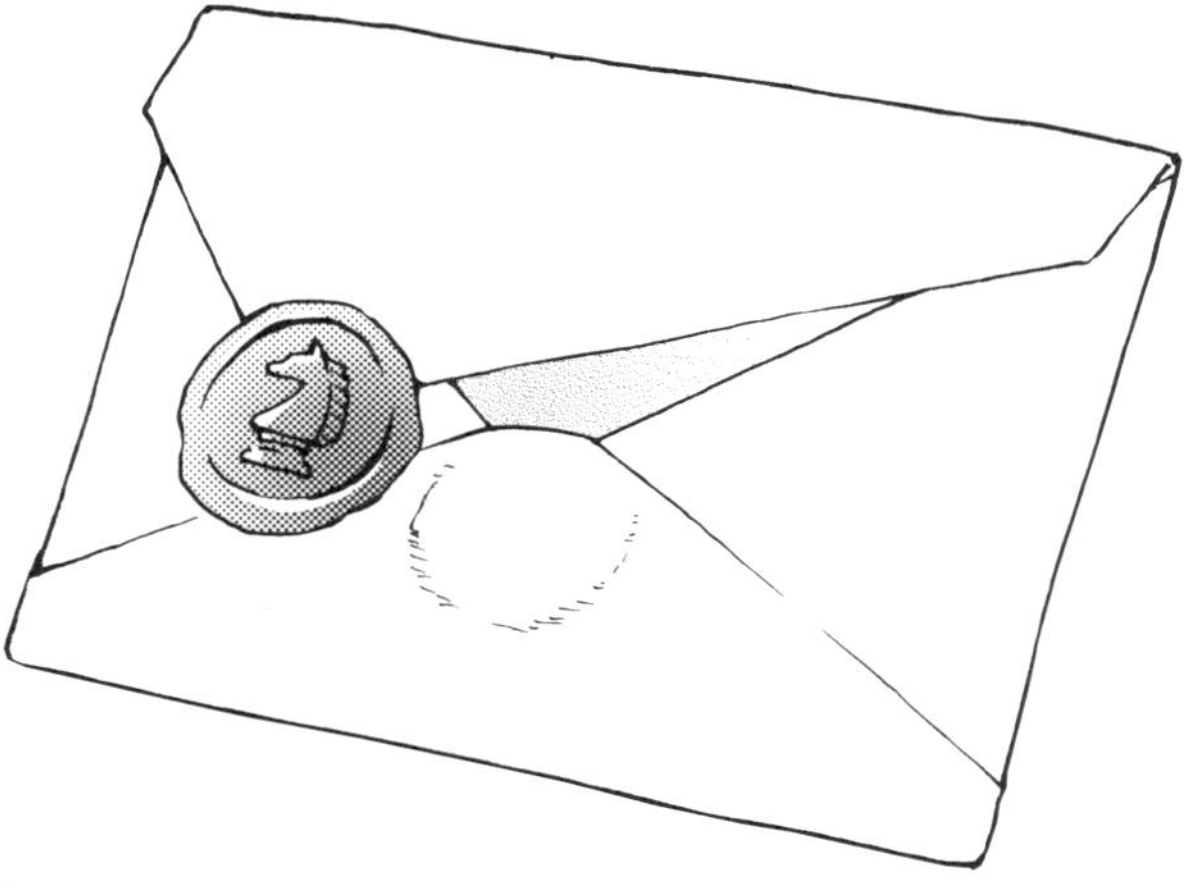

健太《けんた》は、真実《しんじつ》のまねをして、かけていない眼鏡《めがね》をクイッとあげるしぐさをする。

「そう……だからズバリ！　この馬《うま》は、ぼくたちへのメッセージだったんだ。まんまとイタズラにだまされ、馬鹿《ばか》だったね、というね」

「イタズラか。なるほどな！　そう考《かんが》えると、この馬《うま》、なにか人《ひと》を小馬鹿《こばか》にしたような顔《かお》に見《み》えるな」

ハマセンは、「よくやった」と健太《けんた》の肩《かた》をたたいた。

「はい、先生《せんせい》！　ぼく、ピンときちゃいました」

ほこらしげに胸《むね》をはる健太《けんた》。

「そうとわかったら、こんなとこからサッサと帰《かえ》ろう」

と、ハマセンが玄関《げんかん》に向《む》かって歩《ある》きかけたとき——。

「あのぉ、お喜《よろこ》びのところ、アレですが、馬《うま》はあるけど、鹿《しか》はどこにあるんですか？」

美希《みき》は、ジロリと健太《けんた》とハマセンを見《み》て言《い》った。

「えっ、それは……」

口《くち》ごもってしまう健太《けんた》。

「暗号《あんごう》は、論理《ろんり》で組《く》み立《た》てられている。だから論理的《ろんりてき》に解《と》かなきゃ意味《いみ》がないんだよ」

真実《しんじつ》が冷静《れいせい》な口調《くちょう》でそう言《い》うと、健太《けんた》とハマセンは、すっかりシュンとなってしまった。

「ぼくにはわかったよ。この馬《うま》が指《さ》ししめす意味《いみ》がね」

真実《しんじつ》は、おもむろにつぶやいた。


真実《しんじつ》が向《む》かったのは、１階《かい》の、暖炉《だんろ》があり、床《ゆか》がマス目《め》のようになっている部屋《へや》だった。

「この部屋《へや》がどうかしたの？」

健太《けんた》は聞《き》いた。


「あの馬《うま》は、チェスの駒《こま》のマークさ」


「ああ！　この部屋《へや》は、まるで、床《ゆか》がチェス盤《ばん》のマス目《め》のようになっているわね！」

「でも、レコードは見《み》あたらないよ」

凛《りん》は不思議《ふしぎ》そうに言《い》った。

健太《けんた》も見回《みまわ》すが、何《なに》もない。

「この部屋《へや》の秘密《ひみつ》を解《と》く必要《ひつよう》がある。なぜ、この部屋《へや》全体《ぜんたい》がチェス盤《ばん》のようになっているのか」

「チェスってよく知《し》らないもんなぁ」

ハマセンは首《くび》をかしげた。

「これは『ナイトツアー』だ。チェスのルールを応用《おうよう》したパズルさ」

真実《しんじつ》のことばに、美希《みき》がけげんそうな顔《かお》をする。

「ナイトツアー？　はじめて聞《き》いたわ」

「チェスには、『ナイト』という、馬《うま》の形《かたち》をした駒《こま》がある。前後左右《ぜんごさゆう》のいずれかに2マス進《すす》んで、その左右《さゆう》のどちらかのマス目《め》に動《うご》けるんだ（40ページ参照《さんしょう》）。このナイトの動《うご》きで、すべてのマス目《め》を1度《ど》ずつ踏《ふ》む。ただし、次《つぎ》の場所《ばしょ》に動《うご》くときに通過《つうか》するマス目《め》はカウントされないよ」

真実《しんじつ》は室内《しつない》を見渡《みわた》した。

「この部屋《へや》には11個《こ》のマス目《め》がある。これをナイトツアーの方法《ほうほう》ですべて踏《ふ》んでみよう」

チェス
8×8のマス目《め》の盤《ばん》を使《つか》い、白《しろ》と黒《くろ》16個《こ》ずつの駒《こま》を使《つか》ってふたりで対戦《たいせん》する、将棋《しょうぎ》に似《に》たゲーム。将棋《しょうぎ》は取《と》った駒《こま》を自分《じぶん》の駒《こま》として使《つか》えるが、チェスは、取《と》った駒《こま》は使《つか》えないという違《ちが》いがある。

真実《しんじつ》は部屋《へや》のドアから1歩《ぽ》、中《なか》に入《はい》り、白《しろ》いマス目《め》の上《うえ》に立《た》った。

ほかのみんなは、よけいなマス目《め》を踏《ふ》まないよう、部屋《へや》の外《そと》から真実《しんじつ》のようすを見守《みまも》っている。

みんなが息《いき》をのむなか、真実《しんじつ》は、ポン、ポン、とナイトの動《うご》きかたでマス目《め》に飛《と》びうつりながら、リズミカルに床《ゆか》のマス目《め》を踏《ふ》んでいく。

床《ゆか》を踏《ふ》むたびに、床《ゆか》の下《した》でカチャリと音《おと》が鳴《な》った。

その音《おと》に、美希《みき》がハッとする。

「きっと、床自体《ゆかじたい》がスイッチのような構造《こうぞう》になっているのね」

健太《けんた》も、真実《しんじつ》のようすを見守《みまも》りながら、自《じ》

ナイトの動《うご》きかた

2マス進《すす》んで左右《さゆう》どちらかに1マス進《すす》んだ場所《ばしょ》に移《い》動《どう》できる。将棋《しょうぎ》の桂馬《けいま》の動《うご》きと似《に》ているが、桂《けい》馬《ま》が前《まえ》にしか動《うご》けないのに対《たい》し、ナイトは前後左《ぜんごさ》右《ゆう》に同様《どうよう》に移動《いどう》できる。

ナイトツアーに挑戦《ちょうせん》しよう!

星印《ほしじるし》からスタートして、ナイトの動《うご》きですべてのマス目《め》を1度《ど》ずつ踏《ふ》もう。ただし、次《つぎ》の場所《ばしょ》に動《うご》く途中《とちゅう》のマス目《め》はカウントされない。
(前《ぜん》ページのイラストとは向《む》きは逆《ぎゃく》だが、マス目《め》は同《おな》じ)
※答《こた》えは57ページ。

分《ぶん》で考《かんが》えてみた。

「あー、なるほど、そっちにいくのか……。あと踏《ふ》んでないのは、あそことあそこのマス目《め》だな」

「よし、ここで最後《さいご》だな」

真実《しんじつ》はみごと、すべてのマス目《め》を踏《ふ》み、最後《さいご》のマス目《め》にたどりついた。

「えっ……でも、何《なに》も起《お》こらないわよ」

美希《みき》がけげんそうにつぶやいた。

そのとき――。

突然《とつぜん》、ガガガッと地鳴《じな》りのような音《おと》が鳴《な》り響《ひび》いた！

大《おお》きな物音《ものおと》にビクッとした健太《けんた》だが、部屋《へや》の異変《いへん》に気《き》づき、

「あ――！　あそこッ!!」

と、指《ゆび》さして叫《さけ》ぶ。

ハマセン、背筋《せすじ》がビクーン！となり、またもやアワアワとその場《ば》をせわしなく歩《ある》き回《まわ》る。

「なんだ！　なんだ！　今度《こんど》はなんだ!?」

「暖炉《だんろ》が動《うご》いてる！」

健太《けんた》の指《ゆび》さす先《さき》では、暖炉《だんろ》が床《ゆか》ごとガガガと横《よこ》にスライドしていた。灰《はい》がもくもくと煙《けむ》りだっている。

そして、床《ゆか》が移動《いどう》し終《お》えると、暖炉《だんろ》のあった場所《ばしょ》にはポッカリと穴《あな》が開《あ》いていた。なんと、地下《ちか》へ向《む》かう階段《かいだん》が現《あらわ》れたのだ！

「暖炉《だんろ》の下《した》に、こんな階段《かいだん》が隠《かく》れていたなんて……」

驚《おどろ》く一同《いちどう》に、真実《しんじつ》はすずしげに告《つ》げる。

「やはり、正《ただ》しい順番《じゅんばん》で床《ゆか》を踏《ふ》んだときにだけ、地下室《ちかしつ》への道《みち》が現《あらわ》れるようになっていたんだね」

地下《ちか》におりていくと、そこはオーディオルームになっていた。

部屋《へや》の中央《ちゅうおう》のテーブルには、１台《だい》の蓄音機《ちくおんき》と、正方形《せいほうけい》のうすい紙《かみ》のケースが置《お》かれていた。

「もしかして、あれが……」

健太《けんた》は息《いき》をのんだ。

みんなが立《た》ちすくむなか、スタスタとテーブルにひとり進《すす》む真実《しんじつ》。

正方形《せいほうけい》の紙《かみ》のケースは、レコードジャケットだった。色《いろ》あせた紙《かみ》に、古《ふる》ぼけた外国語《がいこくご》の文字《もじ》が並《なら》んでいる。

ジャケットを手《て》にとって、真実《しんじつ》は、じっくりそれを見《み》る。

健太《けんた》たちも、おそるおそるやってくる。

「かなり古《ふる》そうだね」

おっかなびっくりでその古《ふる》いレコードを見《み》る健太《けんた》。

「これ、何語《なにご》なのかしら？」

美希《みき》は興味津々《きょうみしんしん》で、真実《しんじつ》が手《て》にしているジャケットを見《み》た。

蓄音機《ちくおんき》
レコードに録音《ろくおん》された音《おと》を再生《さいせい》する装置《そうち》。原型《げんけい》は、１８７７年《ねん》にアメリカの発明家《はつめいか》・エジソンによるもの。ちなみに最初《さいしょ》に公開《こうかい》された音源《おんげん》は、エジソン自身《じしん》の声《こえ》で録音《ろくおん》された「メリーさんの羊《ひつじ》」だった。

「これは、ハンガリー語《ご》だ。『暗《くら》い日曜日《にちようび》』と書《か》いてあるね」

(真実《しんじつ》くんは、ハンガリー語《ご》も読《よ》めるんだ……)

感心《かんしん》している健太《けんた》の横《よこ》で、美希《みき》の顔色《かおいろ》が変《か》わる。

「ちょっと待《ま》って、『暗《くら》い日曜日《にちようび》』って……まさか」

「んっ、なんなの？　それ」

けげんそうな表情《ひょうじょう》の健太《けんた》。

「あ、そのタイトル、ボクも、ちょっとだけ聞《き》いたことあるよ」

凛《りん》が美希《みき》に言《い》う。

「暗《くら》い日曜日《にちようび》か……。たしかに、学校《がっこう》のない日曜日《にちようび》は、みんなに会《あ》えなくて、さびしい気持《きも》ちになるからな……」

と、ブツブツつぶやくハマセン。

それをさえぎって、美希《みき》が説明《せつめい》をはじめた。

「『暗《くら》い日曜日《にちようび》』は、世界《せかい》が第2次世界大戦《じせかいたいせん》に向《む》かっていた重苦《おもくる》しい時代《じだい》に、ヨーロッパでヒットした曲《きょく》なの。酒場《さかば》でこの曲《きょく》を聞《き》いた人《ひと》がその場《ば》で拳銃自殺《けんじゅうじさつ》したり、レコードを持《も》っ

て川《かわ》に飛《と》びこんで死《し》んだりと、たくさんの自殺者《じさつしゃ》を生《う》んだといわれているのよ。そして作《さっ》曲《きょく》した人《ひと》も、最後《さいご》には自殺《じさつ》してしまったの……」

「ええっ、聞《き》くと死《し》んでしまうメロディーが、ホントに昔《むかし》、あったんだ！」

美希《みき》の話《はなし》を聞《き》いて、健太《けんた》は背筋《せすじ》が凍《こお》った。

「まあ、世界的《せかいてき》に有名《ゆうめい》な都市伝説《としでんせつ》といったところだね。じゃあさっそく聞《き》いてみようか」

真実《しんじつ》は、ジャケットからレコードを取《と》りだそうとする。

「ちょっと!!　命《いのち》がかかってるのに、なに、その気軽《きがる》さは？」

思《おも》わず、大声《おおごえ》になってしまう健太《けんた》。

「いや、この曲《きょく》に何《なに》か超常的《ちょうじょうてき》な力《ちから》があるわけじゃない。この曲《きょく》の歌詞《かし》は、失恋《しつれん》した人《ひと》のことを歌《うた》っているんだ。そして、最後《さいご》は自殺《じさつ》を決意《けつい》するところで終《お》わる。そこに暗《くら》いメロディー。さらに当時《とうじ》は、近《ちか》づいてくる戦争《せんそう》の足音《あしおと》におびえ、人々《ひとびと》は不安《ふあん》の中《なか》にいた」

健太《けんた》の頭《あたま》に、以前《いぜん》、テレビで見《み》た映像《えいぞう》がよぎった。

どんよりとした雲《くも》におおわれたヨーロッパの町《まち》を、何機《なんき》も爆撃機《ばくげきき》が連《つら》なってゆく白黒映像《しろくろえいぞう》だ。

「この暗《くら》い歌詞《かし》とメロディー、そして不安《ふあん》な時代《じだい》にうながされるように、死《し》へ向《む》かってしまう人《ひと》がたくさんいた、ということかもしれないね」

「なるほど、曲《きょく》そのものは、あくまできっかけにすぎないということね」

美希《みき》はつぶやいた。

「爆発的《ばくはつてき》に広《ひろ》まる都市伝説《としでんせつ》が生《う》まれる背景《はいけい》には、その時代《じだい》の不安要素《ふあんようそ》と関《かか》わりがある場合《ばあい》も多《おお》いんだよ」

「時代《じだい》と関係《かんけい》があるの？」

健太《けんた》は不思議《ふしぎ》そうにたずねた。

「身近《みぢか》な例《れい》でいうと、『口裂《くちさ》け女《おんな》』という都市伝説《としでんせつ》も、子《こ》どもたちが、学習塾《がくしゅうじゅく》に行《い》きはじめた時代《じだい》に生《う》まれたと言《い》われている。夜遅《よるおそ》くに出歩《である》くことが多《おお》くなった子《こ》どもたちの不安《ふあん》が、夜道《よみち》に現《あらわ》れる口裂《くちさ》け女《おんな》を生《う》んだんだ」

「なるほどなぁ……」

ハマセンも感心《かんしん》して聞《き》いている。

口裂《くちさ》け女《おんな》
1979年《ねん》ごろに流行《りゅうこう》した都市伝説《としでんせつ》。マスクをした女《おんな》が夜道《よみち》に現《あらわ》れ、「わたし、きれい？」と聞《き》いてくる。「きれい」と答《こた》えると、「これでも？」と言《い》いながらマスクをはずし、耳《みみ》まで裂《さ》けた口《くち》を見《み》せるというもの。

「つまり、今《いま》の時代《じだい》のぼくらがこの曲《きょく》を聞《き》いたからといって、なにかが起《お》こるわけじゃない」

冷静《れいせい》な真実《しんじつ》の口調《くちょう》に、健太《けんた》も落《お》ちつきを取《と》りもどした。

「そうか、そうだよね。うん、聞《き》いてみよう！」

「オレにまかせろ。先生《せんせい》も昔《むかし》、レコードを持《も》ってたからな」

ハマセンが、なれた手《て》つきで「暗《くら》い日曜日《にちようび》」のレコードを取《と》りだし、蓄音機《ちくおんき》にセットした。

回転《かいてん》をはじめるレコード。

ハマセンがレコードに針《はり》をおとす。

プツ、プツ、というノイズとともに、もの悲《がな》しいメロディーが流《なが》れはじめる。

音《おと》に身《み》をゆだねるように、目《め》を閉《と》じる真実《しんじつ》。

凛《りん》も、まねして目《め》を閉《と》じて聞《き》きいっている。

（悲《かな》しいけど、不思議《ふしぎ》なあたたかみのある曲《きょく》でもあるなあ……。あれっ、でも……）

健太《けんた》は、ピリリと頭《あたま》に違和感《いわかん》を覚《おぼ》えた。

見《み》ると、凛《りん》も苦《くる》しそうに頭《あたま》をかかえている。


「なんだか頭《あたま》が痛《いた》いよ」

「凛《りん》くんもなの？

ぼくもホントに頭《あたま》が痛《いた》いんだ」

「実《じつ》はね、わたしも
なんかこめかみが痛《いた》いの」

美希《みき》も指《ゆび》でこめかみを押《お》さえている。
「だいじょうぶかい？」
真実《しんじつ》は、心配《しんぱい》して健太《けんた》の顔色《かおいろ》を見《み》る。しかし、その真実《しんじつ》も、みけんにシワを寄《よ》せ、痛《いた》みを
がまんしているようだ。

「おいおい、冗談《じょうだん》じゃないのか？　先生《せんせい》はピンピンしているぞ」

「や……やっぱり死《し》のメロディーだったんだ。どうしよう、真実《しんじつ》くん」

真実《しんじつ》は、蓄音機《ちくおんき》に歩《あゆ》み寄《よ》り、レコードを止《と》めた。

「みんな、その場《ば》に座《すわ》って休《やす》むんだ」

真実《しんじつ》に言《い》われ、床《ゆか》に座《すわ》りこむ一同《いちどう》。

「みんな、だいじょうぶか？

何《なに》が起《お》こったんだ！」

ひとりだけ平気《へいき》なハマセンは、みんなを心配《しんぱい》する。

音楽《おんがく》が止《と》まってしばらくすると、みんなの頭痛《ずつう》がやんだ。

真実《しんじつ》はレコードを手《て》に取《と》って見《み》ていた。

外側《そとがわ》のレコードジャケットにくらべて、中《なか》のレコード盤《ばん》が真《ま》新《あたら》しいことに気《き》づく。

「わかったぞ、この世《よ》に科学《かがく》で解《と》けないナゾはない」

真実《しんじつ》は、人差《ひとさ》し指《ゆび》で眼鏡《めがね》をクイッとあげた。
「このレコードは、死《し》のレコードなんかじゃない。
誰《だれ》かが、このレコードに細工《さいく》をしたんだ」

どうして
浜田先生《はまだせんせい》だけ
なんともなかったのか。
それが今回《こんかい》のポイントだよ

解《かい》決《けつ》編《へん》

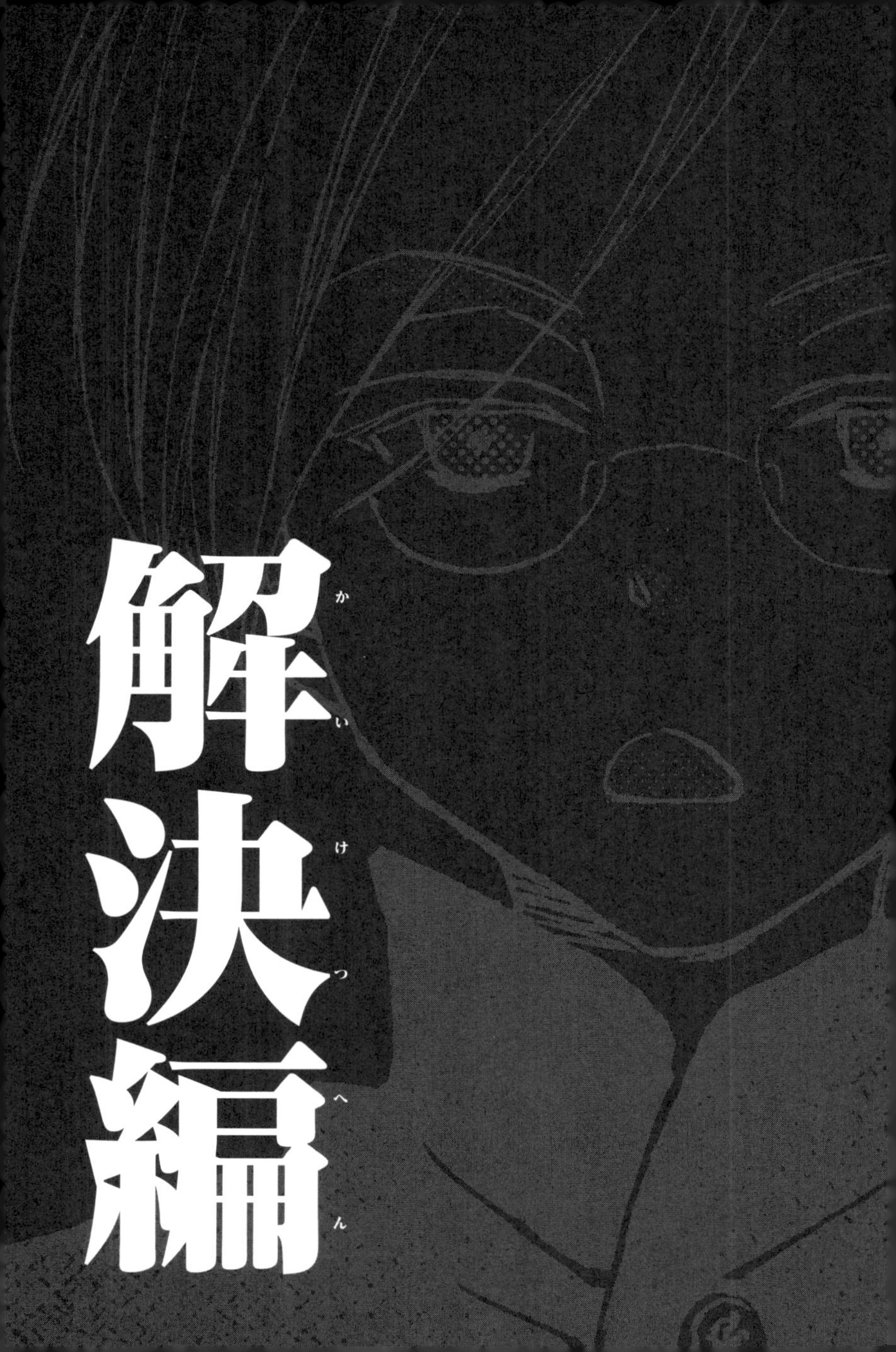

翌日《よくじつ》の花森小学校《はなもりしょうがっこう》で、真実《しんじつ》は、みんなをパソコン実習室《じっしゅうしつ》に呼《よ》びだした。

ハマセンもやってきた。

真実《しんじつ》は、レコードの音声《おんせい》をパソコンの音声解析《おんせいかいせき》ソフトで調《しら》べたデータを、みんなに見《み》せた。

「あのあと、レコードの音楽《おんがく》を録音《ろくおん》して調《しら》べてみたんだ。これが、『暗《くら》い日曜日《にちようび》』のメロディーの波形《はけい》だね。しかし、この部分《ぶぶん》を見《み》てほしいんだ。メロディーとは別《べつ》に非常《ひじょう》に高《たか》い音《おん》域《いき》の音《おと》が収録《しゅうろく》されているのがわかるかい？」

「ほんとだ、一定《いってい》にずっと鳴《な》っている音《おと》があるね」

ディスプレーに見《み》いる健太《けんた》。

「なにか、メロディーとは違《ちが》う変《へん》な音《おと》が入《はい》っていたってこと？」

美希《みき》は首《くび》をかしげた。

「**モスキート音《おん》だよ**」

真実《しんじつ》はディスプレーを見《み》ながら告《つ》げた。

「モスキート音《おん》って？」

健太《けんた》が不思議《ふしぎ》そうにたずねると、健太《けんた》のとなりにいた凛《りん》が、口《くち》をひらいた。

「……高周波音《こうしゅうはおん》のことだよ。モスキートは英語《えいご》で蚊《か》のこと。蚊《か》が飛《と》ぶ音《おと》みたいなキーンという音《おと》から、そう呼《よ》ばれているんだって」

凛《りん》がそう言《い》うと、真実《しんじつ》は続《つづ》けて説明《せつめい》した。

「ああ。モスキート音《おん》を聞《き》くと、気分《きぶん》が悪《わる》くなったり、頭痛《ずつう》がしたりするといわれている。みんなが具合《ぐあい》が悪《わる》くなったのは、この音《おと》のせいだったんだよ。それじゃあ、体調《たいちょう》が悪《わる》くならない程度《ていど》に、ほんの少《すこ》しだけ、モスキート音《おん》を流《なが》してみよう」

パソコンをクリックする真実《しんじつ》。


「ホントだ。キーンという音《おと》がする！」


驚《おどろ》く健太《けんた》。

「え、ぜんぜん聞《き》こえないぞ！」

ハマセンはとまどっている。

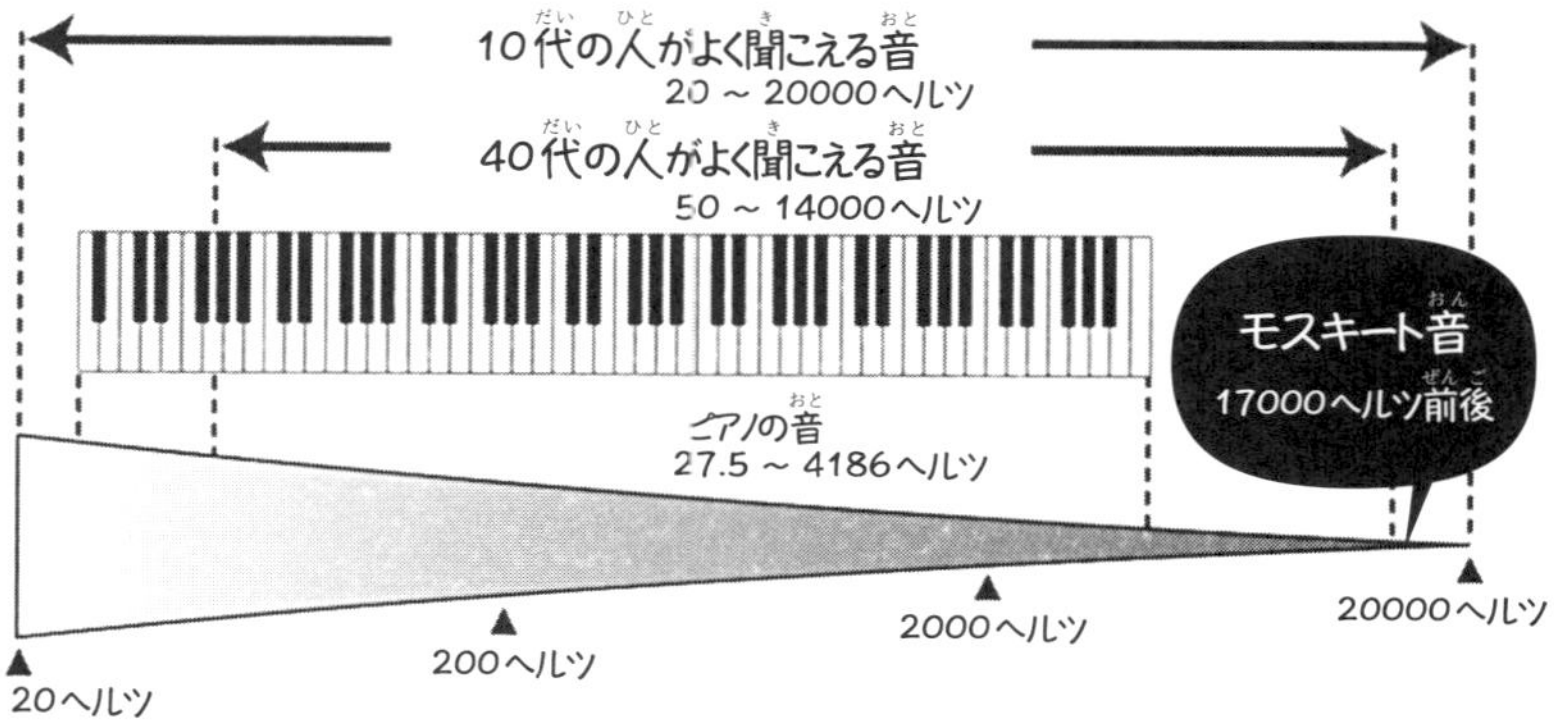

「そう、モスキート音《おん》には、聞《き》こえる人《ひと》と聞《き》こえない人《ひと》がいるんです。モスキート音《おん》が聞《き》こえるのは子《こ》どものうちだけ。20歳《はたち》を過《す》ぎるころから、じょじょに聞《き》く力《ちから》がおとろえて、モスキート音《おん》が聞《き》こえにくくなるんです」

「そうだったのか……。それで、あのときオレにはなにも起《お》こらなかったのか」

ハマセンは納得《なっとく》した。

「そんな音《おと》が、『暗《くら》い日曜日《にちようび》』には、収録《しゅうろく》されていたってこと？」

美希《みき》が聞《き》くと、真実《しんじつ》は首《くび》を横《よこ》に振《ふ》った。

「いや、そうじゃない。このレコード盤《ばん》、よく見《み》ると新《あたら》しいだろう。誰《だれ》かが、『暗《くら》い日曜日《にちようび》』の音源《おんげん》に、モスキート音《おん》をしのばせて、新《あたら》しくレコードをつくったんだよ」

「未来人《みらいじん》I《アイ》の予言《よげん》に乗《の》っかった、誰《だれ》かのイタズラだったってわけね。だけど……そんな手《て》の込《こ》んだことを、いったい誰《だれ》がするのよ」

美希《みき》はポツリと言《い》った。

健太《けんた》は、都市伝説《としでんせつ》を聞《き》いたときには感《かん》じない、別《べつ》の恐怖《きょうふ》を感《かん》じた。

（わざわざ、そんなことまでするなんて……。ものすごいうらみや、悪意《あくい》をもった誰《だれ》かが、この町《まち》にいるってことかな……）

健太《けんた》は町《まち》にしのびよりつつある、得体《えたい》のしれない影《かげ》を感《かん》じとり、不安《ふあん》になった。

●

ザー、ザザッ　ザー、ザザッ
午前《ごぜん》0時《じ》――。

モスキート音《おん》の利用《りよう》
深夜《しんや》にコンビニや公園《こうえん》で、若者《わかもの》が騒《さわ》いだり、たむろしたりしないように、モスキート音《おん》を鳴《な》らすケースがある。

10	5	
7	2	9
4	11	6
1	8	3

ナイトツアーの答《こた》え
数字《すうじ》の順番《じゅんばん》で移動《いどう》すれば、すべてのマス目《め》を踏《ふ》むことができる。

動画《どうが》サイト「ＩＴｕｂｅ《アイチューブ》」に、また1件《けん》の動画《どうが》が投稿《とうこう》された。
最初《さいしょ》は砂嵐《すなあらし》だけの画面《がめん》が、13秒後《びょうご》には、ぼんやりとした映像《えいぞう》になり、未来人Ｉ《みらいじんアイ》を名《な》のる、
仮面《かめん》をつけたぶきみな人物《じんぶつ》が姿《すがた》を現《あらわ》す。

「ワタシノ名前《なまえ》ハ、未来人Ｉ《みらいじんアイ》。
ワタシハ予言《よげん》スル。
名無《なな》シノ墓《はか》ニ名前《なまえ》ヲ書《か》カレタ者《もの》ハ、
墓場《はかば》ノ霊《れい》ニ招《まね》カレテ、
七日以内《なのかいない》ニ死《し》ヌデアロウ」

未来人Ｉ《みらいじんアイ》がパチンと指《ゆび》を鳴《な》らすと、画面《がめん》が暗《くら》くなっていく。
ザー、ザザッ　ザー、ザザッ
動画《どうが》は終了《しゅうりょう》した。

I

SCIENCE TRICK DATA FILE

科学《かがく》トリック データファイル

音《おと》が聞《き》こえるのはなぜ？

耳《みみ》に入《はい》った音《おと》（空気《くうき》の振動《しんどう》）は、鼓膜《こまく》と耳小骨《じしょうこつ》で増幅《ぞうふく》され、蝸牛《かぎゅう》に送《おく》られます。蝸牛《かぎゅう》の中《なか》には、「毛《け》」のたくさんついた有毛細胞《ゆうもうさいぼう》があり、音《おと》の振動《しんどう》をキャッチして、電気信号《でんきしんごう》に変《か》えて脳《のう》に送《おく》ります。脳《のう》がその信号《しんごう》を受《う》け取《と》ることで、ようやく音《おと》として感《かん》じます。

この有毛細胞《ゆうもうさいぼう》は、壊《こわ》れると元《もと》に戻《もど》りません。蝸牛《かぎゅう》は奥《おく》にいくにしたがって低《ひく》い音《おと》を感《かん》じるようになっており、高音《こうおん》を担当《たんとう》する手前《てまえ》の有毛細《ゆうもうさい》胞《ぼう》は、常《つね》に音《おと》にさらされ続《つづ》けるので、先《さき》に壊《こわ》れやすいのです。そのため、年《とし》を取《と》るにつれて、高音《こうおん》が聞《き》こえにくくなるのです。

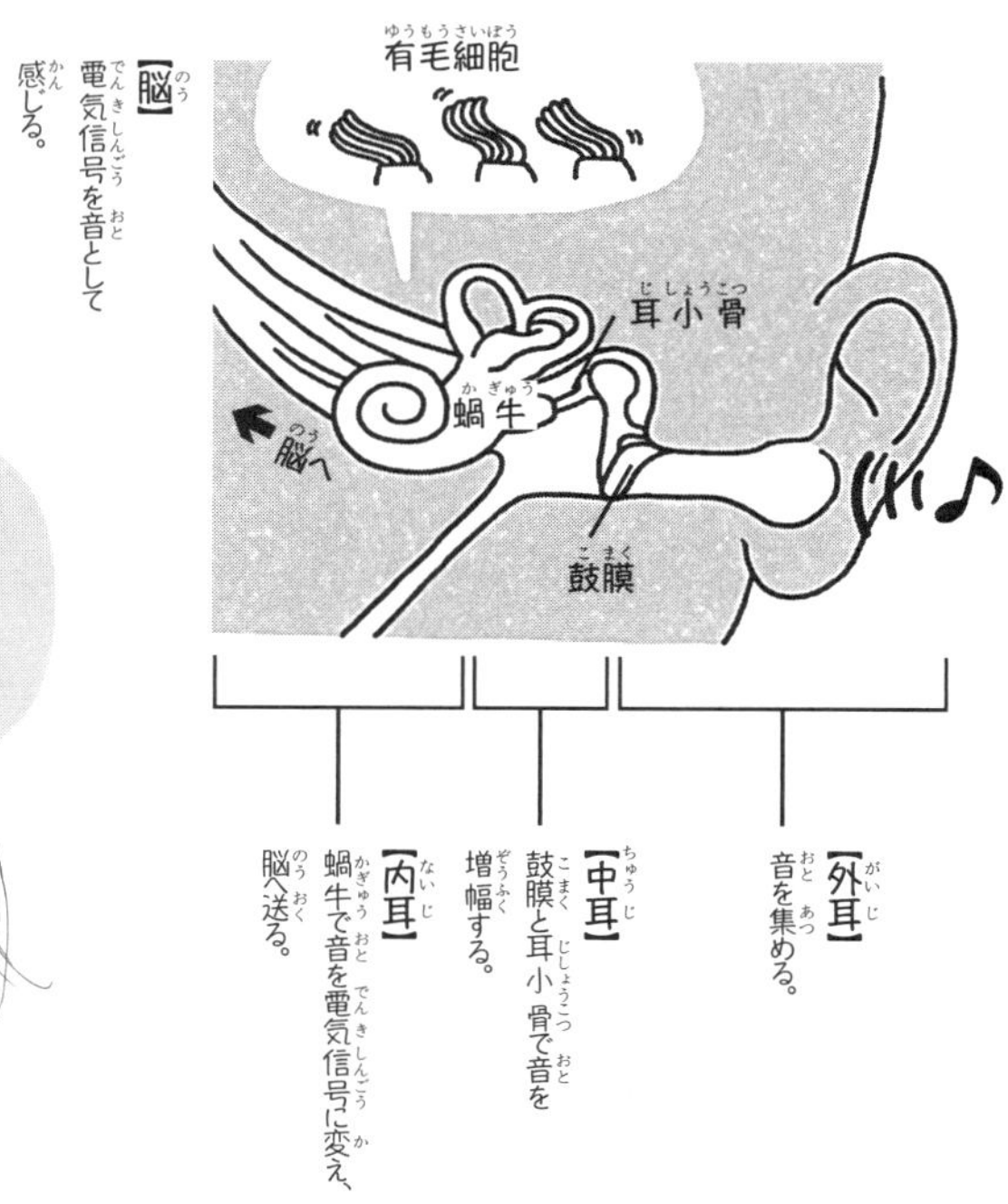

A. お年寄《としよ》りには、低《ひく》めの声《こえ》で話《はな》しかけるといいよ

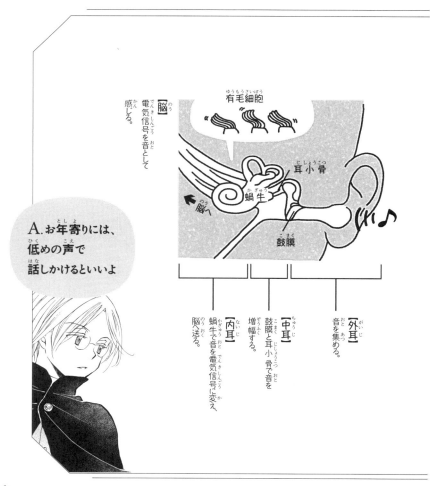

名《な》無《な》しの墓《はか》

魔界《まかい》の都市《とし》伝説《でんせつ》 2

事件編《じけんへん》

翌日《よくじつ》――。

6年《ねん》2組《くみ》の健太《けんた》のクラスは、未来人《みらいじん》I《アイ》の話《はなし》でもちきりだった。

「ねえねえ、昨日《きのう》の動画《どうが》、見《み》た？」

「名無《なな》しの墓《はか》に名前《なまえ》を書《か》かれた者《もの》は、七日以内《なのかいない》に死《し》ぬっていう予言《よげん》だろ？」

「名無《なな》しの墓《はか》って、どっかで聞《き》いたことあるよね」

「都市伝説《としでんせつ》のうわさじゃない？」

「いや、この町《まち》のどこかにあるって、3組《くみ》のヤツが言《い》ってたぞ」

「ひゃーっ！」

クラスメートたちの話《はなし》を興味津々《きょうみしんしん》に聞《き》いている健太《けんた》。

しかし、話《はなし》の輪《わ》に入《はい》っていくことはできない。

昨夜《さくや》、健太《けんた》はうわさの動画《どうが》を見《み》るため、午前《ごぜん》0時《じ》まで起《お》きていようとがんばっていたが、いつのまにか寝《ね》てしまい、気《き》がつくと朝《あさ》を迎《むか》えていたのである。

（また見《み》のがしちゃった……。そういえば真実《しんじつ》くんは、あの動画《どうが》を見《み》たのかな？）

健太《けんた》は、真実《しんじつ》のところへ行《い》き、動画《どうが》を見《み》たかどうか聞《き》いてみた。

「いや、べつに興味《きょうみ》ないから……」

真実《しんじつ》は、分厚《ぶあつ》い数学書《すうがくしょ》に目《め》を落《お》としたまま答《こた》える。

すると、

「ボクは興味《きょうみ》あるな！」

と、となりにいた飯島凜《いいじまりん》が身《み》を乗《の》りだしてきた。

『死《し》のメロディー』の予言《よげん》も当《あ》たったし、今回《こんかい》も未来人《みらいじん》Ｉ《アイ》の予言《よげん》どおり、何《なに》か起《お》きるんじゃない？」

「えっ、じゃあ、名無《なな》しのお墓《はか》に名前《なまえ》が書《か》かれて、誰《だれ》か死《し》んじゃうってこと⁉」

健太《けんた》が驚《おどろ》いてたずねかえすと、

「いや、まあ、そういう可能性《かのうせい》もあるかなって……」

凜《りん》は自信《じしん》なさそうに答《こた》えたあと、「えへへ」と、頭《あたま》をかく。

「実《じつ》をいうと、ボク、動画《どうが》、見《み》てないんだよね。あれって、午前《ごぜん》0時《じ》に1度《ど》しか見《み》られないんでしょ？　がんばって起《お》きていようと思《おも》ったんだけど、寝《ね》ちゃったんだ～」

「わあ、ぼくと一緒《いっしょ》だ～！」

（そういえば凜《りん》くん、ホームズ学園《がくえん》では特別優秀《とくべつゆうしゅう》じゃなかったって言《い》ってたっけ……。なんだかぼくと似《に》てる！）

健太《けんた》は、凜《りん》に親近感《しんきんかん》を覚《おぼ》えた。

そのとき、キンコンカンコーンと、始業《しぎょう》のチャイムが鳴《な》る。

あわてて自分《じぶん》の席《せき》に着《つ》く健太《けんた》。

集《あつ》まっておしゃべりをしていたクラスメートたちも、それぞれの席《せき》に戻《もど》った。

午後《ごご》の授業《じゅぎょう》は、算数《さんすう》だった。

教壇《きょうだん》に立《た》った大前先生《おおまえせんせい》の手《て》には、昨日《きのう》おこなわれたテストの答案用紙《とうあんようし》がある。

「では、テストを返《かえ》す。まずは謎野真実《なぞのしんじつ》」

「はい」

「おめでとう、100点《てん》だ。謎野《なぞの》は転校以来《てんこういらい》、ずっと100点《てん》だね。さすがだよ」

大前先生《おおまえせんせい》はそう言《い》いながら、「100」と書《か》かれた答案用紙《とうあんようし》を真実《しんじつ》に渡《わた》す。

「次《つぎ》は、飯島凜《いいじまりん》。おっ、キミも100点《てん》だね」

小6算数
100

（えっ、凛《りん》くんも100点《てん》!?）

健太《けんた》は驚《おどろ》いて、凛《りん》のほうを見《み》た。

英才教育《えいさいきょういく》のホームズ学園《がくえん》では、小学生《しょうがくせい》で、すでに高校生《こうこうせい》レベルの数学《すうがく》の授業《じゅぎょう》をおこなっているらしい。

凛《りん》が算数《さんすう》のテストで100点《てん》を取《と》るのは、当《あ》たり前《まえ》のことで、ホームズ学園《がくえん》では特別優秀《とくべつゆうしゅう》じゃなかったといっても、健太《けんた》とはレベルが違《ちが》ったのだった。

「飯島《いいじま》は図書係《としょがかり》の仕事《しごと》もよくやってくれてるし、本当《ほんとう》にえらいぞ。みんなも勉強《べんきょう》だけじゃなく、係《かかり》の仕事《しごと》もしっかりやってくれよ」

大前先生《おおまえせんせい》はそう言《い》いながら、ほかの生徒《せいと》たちにもテストの答案用紙《とうあんようし》を返《かえ》す。

返《かえ》ってきた答案《とうあん》を見《み》て、健太《けんた》は、

「絶望的《ぜつぼうてき》だぁ！」

と言《い》いながら、頭《あたま》をかかえこんだ。

「……どうしよう。今回《こんかい》のテストで70点以上《てんいじょう》とれなかったら、お母《かあ》さんに、強制的《きょうせいてき》に塾《じゅく》へ行《い》かされちゃうんだ」

真実《しんじつ》がのぞき込《こ》むと、健太《けんた》の答案《とうあん》には「69点《てん》」と書《か》かれている。

「塾《じゅく》へ行《い》かされたら、友達《ともだち》と遊《あそ》ぶ時間《じかん》も、ゲームをする時間《じかん》も、マンガを読《よ》む時間《じかん》もなくなっちゃう……」

そう言《い》ってボヤく健太《けんた》を見《み》て、真実《しんじつ》は「やれやれ」と、肩《かた》をすくめた。

「健太《けんた》くん、キミを見《み》ていると、つくづく日本《にほん》は平和《へいわ》な国《くに》だって思《おも》うよ」

その日《ひ》、学校《がっこう》から帰《かえ》った健太《けんた》は、おやつを食《た》べるのもそこそこに、塾《じゅく》へ行《い》くしたくをさせられた。

やってきたのは、美希《みき》の家《いえ》。

健太《けんた》が行《い》くことになったのは、美希《みき》も通《かよ》っている学習塾《がくしゅうじゅく》だった。

幼《おさな》なじみの健太《けんた》と美希《みき》は、家《いえ》が近所《きんじょ》で、母親《ははおや》どうしも仲《なか》がよい。

「よかった〜！　健太《けんた》くんが一緒《いっしょ》なら安心《あんしん》だわ。塾《じゅく》への道《みち》に、お墓《はか》のある暗《くら》い場所《ばしょ》があるから、美希《みき》ひとりじゃ心配《しんぱい》だったのよー」

迎《むか》えにきた健太《けんた》を見《み》て、美希《みき》のお母《かあ》さんは満面《まんめん》の笑《え》みを浮《う》かべながら言《い》う。

「健太《けんた》くん、美希《みき》をよろしくね」

美希《みき》のお母《かあ》さんに、すっかり頼《たよ》りにされてしまい、もはや逃《に》げ場《ば》のない健太《けんた》。

しかたなく、美希《みき》と並《なら》んで、塾《じゅく》へと向《む》かったのである。


たいくつな授業《じゅぎょう》が終《お》わり、ようやく塾《じゅく》から解放《かいほう》されたのは、夜《よる》の8時《じ》過《す》ぎだった。

「あー、疲《つか》れた……。明日《あす》の朝《あさ》、起《お》きられるかなぁ？」

日《ひ》ごろ、勉強《べんきょう》しなれていない健太《けんた》は、そう言《い》ってボヤく。

帰《かえ》り道《みち》、一緒《いっしょ》に並《なら》んで歩《ある》いている美希《みき》の横顔《よこがお》をチラリと見《み》たが、何《なに》か考《かんが》えごとをしているのか、美希《みき》は何《なに》も答《こた》えなかった。

しばらくして、美希《みき》がふと口《くち》を開《ひら》く。

「ねえ、健太《けんた》くん、昨日《きのう》の動画《どうが》、見《み》た？」

「動画《どうが》って、未来人《みらいじん》I《アイ》の？　見《み》ようと思《おも》ったけど寝《ね》ちゃったよ。……それがどうかしたの？」

「実《じつ》は、未来人《みらいじん》Ⅰ《アイ》が言《い》っていた名無《なな》しのお墓《はか》っていうのがね、この近《ちか》くにもあるらしいの」

「ええっ⁉」

驚《おどろ》く健太《けんた》。

「もしかして、行《い》きしなに通《とお》ったところ？　塾《じゅく》のすぐ近《ちか》くに、墓地《ぼち》みたいなところがあったけど……」

「そう、そこ！　うちの塾《じゅく》では、前《まえ》からその墓地《ぼち》に、名無《なな》しのお墓《はか》があるってうわさされてるのよ」

「えっ、ホントに⁉」

「いつのころかはわからないけど、塾帰《じゅくがえ》りの中学生《ちゅうがくせい》たちがその墓地《ぼち》に肝試《きもだめ》しに行《い》って、名前《なまえ》の刻《きざ》まれていないお墓《はか》を見《み》つけたんだって」

「……それで？　その中学生《ちゅうがくせい》たちはどうなったの？」

「お墓《はか》を見《み》て１週間《しゅうかん》くらいのあいだに、次々《つぎつぎ》と、病気《びょうき》や事故《じこ》で亡《な》くなったらしいわ」

「な、亡《な》くなった⁉　それってもしかして……？」

問《と》い返《かえ》す健太《けんた》に、美希《みき》は神妙《しんみょう》な顔《かお》でうなずく。

「最後《さいご》にひとりだけ生《い》き残《のこ》った中学生《ちゅうがくせい》がいたんだけど、その彼《かれ》がね、みんなが亡《な》くなった原《げん》因《いん》は名無《なな》しのお墓《はか》に関係《かんけい》あるんじゃないかと思《おも》って、確《たし》かめにいったんだって。そしたら、なんと――」

美希《みき》は声《こえ》のトーンを落《お》とし、いちだんと怖《こわ》い口調《くちょう》で言《い》う。

「名無《なな》しのお墓《はか》の墓石《はかいし》に、血《ち》のように真《ま》っ赤《か》な文字《もじ》で、自分《じぶん》の名前《なまえ》が書《か》かれていたんだって」

「ひゃあああっ！」

健太《けんた》はゾッとして、思《おも》わず悲鳴《ひめい》をあげた。

「ねえ、これから、行《い》ってみない？」

「えっ？　行《い》くって、どこへ？」

「そのお墓《はか》が本当《ほんとう》にあるかどうか、この目《め》で確《たし》かめてみたいの」

「な……なに言《い》ってんの！　ダメだよ。うわさが本当《ほんとう》だったら、墓石《はかいし》に名前《なまえ》を書《か》かれて死《し》んじゃうんでしょ!?」

健太《けんた》はそう言《い》って止《と》めようとしたが、美希《みき》は先《さき》に立《た》ってスタスタと、お墓《はか》のほうへ歩《ある》きだしてしまった。

『健太《けんた》くん、美希《みき》をよろしくね』

美希《みき》のお母《かあ》さんの言葉《ことば》を思《おも》いだした健太《けんた》は、しかたなく、

「美希《みき》ちゃん、待《ま》ってよう！」

と叫《さけ》びながら、美希《みき》のあとを追《お》いかけていった。

墓地《ぼち》の入《い》り口《ぐち》までやってきた健太《けんた》。

――しかし、そこに美希《みき》の姿《すがた》はない。

追《お》いかけていく途中《とちゅう》で健太《けんた》は、美希《みき》を見失《みうしな》ってしまったのだった。

「美希《みき》ちゃん、どこ……？」

あたりを見回《みまわ》しながら、健太《けんた》は美希《みき》に呼《よ》びかける。

(……ひとりで墓地《ぼち》に入《はい》ってったのかな?)

一瞬《いっしゅん》、逃《に》げだしたい衝動《しょうどう》に駆《か》られたが、そのとき、またしても、美希《みき》のお母《かあ》さんの言葉《ことば》が頭《あたま》の中《なか》で響《ひび》いた。

(おばさんにお願《ねが》いされた以上《いじょう》、美希《みき》ちゃんをほうっておいて、ぼくひとりで帰《かえ》るわけにはいかない……)

健太《けんた》はギュッとこぶしを握《にぎ》りしめ、勇気《ゆうき》をふりしぼると、墓地《ぼち》の中《なか》へと足《あし》を踏《ふ》み入《い》れたのだった。


あたりは、シーンと静《しず》まりかえっていた。

健太《けんた》の耳《みみ》には、ひたひたと歩《ある》く自分《じぶん》の足音《あしおと》しか聞《き》こえない。

しばらく行《い》くと、街灯《がいとう》の光《ひかり》も届《とど》かない、真《ま》っ暗《くら》な場所《ばしょ》に出《で》た。

健太《けんた》は、急《きゅう》に怖《こわ》くなりはじめる。

(美希《みき》ちゃん、もう戻《もど》ってるかもしれないし、やっぱり引《ひ》きかえそうかなぁ……)

そう考《かんが》えて、うしろを振《ふ》り返《かえ》り、健太《けんた》はがく然《ぜん》とした。

(……あれ？　ぼく、どっちから来《き》たんだっけ？)

どこもかしこも真《ま》っ暗《くら》で、健太《けんた》は帰《かえ》り道《みち》がわからなくなってしまったのだ。

そのとき、少《すこ》し離《はな》れた場所《ばしょ》に、ぼおーっとした、オレンジ色《いろ》の光《ひかり》が見《み》えた。

とにかく、この暗《くら》い場所《ばしょ》から一刻《いっこく》も早《はや》く抜《ぬ》けだしたい——。

そう思《おも》った健太《けんた》は、オレンジ色《いろ》の光《ひかり》に向《む》かい、わき目《め》も振《ふ》らずに走《はし》りだした。

オレンジ色《いろ》の光《ひかり》に包《つつ》まれた場所《ばしょ》に行《い》くと、そこにはお墓《はか》がひとつ、ぽつんと立《た》っていた。


「**こ……このお墓《はか》は!?**」


なんと、お墓《はか》には名前《なまえ》がない。

(もしかして……うわさの名無《ななな》しの墓《はか》!?)

健太《けんた》の背中《せなか》に戦慄《せんりつ》が走《はし》る。

そのとき、オレンジ色《いろ》の光《ひかり》が、急《きゅう》に白《しろ》っぽい、まぶしい光《ひかり》に変《か》わった。

次《つぎ》の瞬間《しゅんかん》、名無《なな》しの墓《はか》の墓石《はかいし》に、文字《もじ》が浮《う》かびあがる。

それを見《み》て、健太《けんた》は凍《こお》りついた。

——宮下健太《みやしたけんた》

そこには、血《ち》のような真《ま》っ赤《か》な文字《もじ》で、健太《けんた》の名前《なまえ》が書《か》かれていたのである。

「うわあああああっ!!」

叫《さけ》び声《ごえ》をあげると、健太《けんた》はそのまま気《き》を失《うしな》ってしまったのだった。

「健太《けんた》くん！　健太《けんた》くん、しっかりして！」

美希《みき》にゆり動《うご》かされ、健太《けんた》は、ようやく目《め》をさました。

「み、美希《みき》ちゃん……今《いま》までどこにいたの!?」

「ごめん……ちょっとしたすれ違《ちが》い？」

美希《みき》は、健太《けんた》を驚《おどろ》かそうとして、墓地《ぼち》の入《い》り口《ぐち》付近《ふきん》の物陰《ものかげ》に隠《かく》れていたという。

宮下健太

しかし、健太《けんた》が先《さき》に墓地《ぼち》の中《なか》へと入《はい》っていってしまったため、あわてであとを追《お》いかけてきたのである。

「それより、いったい何《なに》があったの？」

美希《みき》の言葉《ことば》に、ハッとする健太《けんた》。

「美希《みき》ちゃん、ぼく……もうダメだぁ〜〜っ‼」

「ちょっと、やだ、どうしたのよ？」

泣《な》きだした健太《けんた》を見《み》て、美希《みき》は驚《おどろ》く。

「ブタの貯金箱《ちょきんばこ》にある３６２円《えん》……ぼくの全財産《ぜんざいさん》なんだけど、美希《みき》ちゃんにあげるね。それから、ゲームやマンガも……」

「もう、さっきからなに言《い》ってんの？　ちゃんとわかるように説明《せつめい》して！」

美希《みき》にうながされ、健太《けんた》はふるえる手《て》で、目《め》の前《まえ》のお墓《はか》を指《ゆび》さした。

「名《な》無《な》しのお墓《はか》を……見《み》つけたんだ。墓石《はかいし》にぼくの名前《なまえ》が……。血《ち》の

貯金箱《ちょきんばこ》にブタの形《かたち》が多《おお》い理由《りゆう》

有力《ゆうりょく》な説《せつ》のうち、ふたつを紹介《しょうかい》しよう。ひとつは、ブタは一度《いちど》にたくさんの子《こ》を産《う》むことから、繁栄《はんえい》の象徴《しょうちょう》とされたから。もうひとつは、カン違《ちが》いから生《う》まれたという説《せつ》で、昔《むかし》、ヨーロッパで「Pygg《ピッグ》（良質《りょうしつ》な粘土《ねんど》）で貯金箱《ちょきんばこ》をつくってほしい」と依頼《いらい》された職人《しょくにん》が、間違《まちが》ってpig《ピッグ》（ブタ）の貯金箱《ちょきんばこ》をつくったのが人気《にんき》を呼《よ》んだという説《せつ》だ。

ような真《ま》っ赤《か》な文字《もじ》で『宮下健太《みやしたけんた》』って！　ぼく、七日以内《なのかいない》に死《し》んじゃうんだ！」

「なに言《い》ってんの？　お墓《はか》に健太《けんた》くんの名前《なまえ》なんか書《か》かれてないわよ！」

「えっ？」

「怖《こわ》い怖《こわ》いと思《おも》ってるから、幻覚《げんかく》を見《み》たんじゃない？」

「ち、違《ちが》うよ！　ホントにこの目《め》で……」

健太《けんた》はお墓《はか》に目《め》をやるが、美希《みき》の言《い》うとおり、そこには何《なに》も書《か》かれていない。

あたりは、いつのまにか、もとのオレンジ色《いろ》の光《ひかり》に包《つつ》まれ、お墓《はか》はもとの名無《なな》しの墓《はか》に戻《もど》っていたのだった。


翌朝《よくあさ》。

登校《とうこう》してきた健太《けんた》を見《み》て、真実《しんじつ》はあっけにとられる。

「健太《けんた》くん、そのかっこうはなに？　いったいどうしたんだい？」

健太《けんた》は、体《からだ》じゅうに、お守《まも》りや魔《ま》よけグッズをつけていたのだった。

「予言《よげん》はホントだったんだ！　名無《なな》しの墓《はか》に名前《なまえ》が書《か》かれた者《もの》は、七日以内《なのかいない》に死《し》ぬ……あれはぼくのことだったんだよ！　お墓《はか》の霊《れい》が、ぼくを迎《むか》えにこようとしているんだ！」

健太《けんた》はそう言《い》うと、一心不乱《いっしんふらん》にお経《きょう》のようなものを唱《とな》えはじめる。

あきれ顔《がお》の真実《しんじつ》に、そばにいた美希《みき》が、詳《くわ》しい事情《じじょう》を説明《せつめい》した。

「昨日《きのう》、塾《じゅく》の帰《かえ》りに、名無《なな》しのお墓《はか》があるとうわさされている墓地《ぼち》へ行《い》ってみたの。名無《なな》しのお墓《はか》は、本当《ほんとう》にあったわ。健太《けんた》くんは、その墓石《はかいし》に自分《じぶん》の名前《なまえ》が書《か》かれてたって言《い》うんだけど……わたしが見《み》たとき、名前《なまえ》なんかなかったのよ」

「なるほど……」

真実《しんじつ》がつぶやくと、健太《けんた》が横《よこ》から言《い》う。

「本当《ほんとう》なんだって！　あたりが白《しろ》っぽい光《ひかり》に包《つつ》まれたとき、お墓《はか》の石《いし》にぼくの名前《なまえ》が……、ひとりでに浮《う》かびあがってきたんだよ!!」

「白《しろ》っぽい光《ひかり》に……？」

真実《しんじつ》は、眼鏡《めがね》をクイッとあげる。

「ねえ、健太《けんた》くんが見《み》たものが本当《ほんとう》かどうか、今夜《こんや》、３人《にん》で確《たし》かめにいかない？」

美希《みき》は提案《ていあん》したが、健太《けんた》はプルプルと首《くび》を振《ふ》った。

「今度《こんど》お墓《はか》へ行《い》ったら、ぼく、もう二度《にど》とこの世《よ》に戻《もど》ってこられなくなっちゃう」

するとと真実《しんじつ》も、そっけなく言《い》う。

「……ぼくも遠慮《えんりょ》しておくよ。今夜《こんや》はちょっと用事《ようじ》があるんだ」

「もう！　ふたりとも頼《たよ》りにならないんだから！　いいわ……それならわたしひとりで行《い》くから！」

「そんな……やめたほうがいいよ、美希《みき》ちゃん」

おろおろする健太《けんた》。

しかし美希《みき》は、勇《いさ》ましくたんかを切《き》った。

「だいじょうぶ。健太《けんた》くんが死《し》ななくてすむように、新聞部部長《しんぶんぶぶちょう》のこのわたしが、名無《なな》しのお墓《はか》のナゾ、解《と》き明《あ》かしてみせるわ！」

その日《ひ》の夜《よる》。

美希《みき》は、ひとりで墓地《ぼち》の入《い》り口《ぐち》へやってきた。

あたりは真《ま》っ暗《くら》――。

道路《どうろ》わきに街灯《がいとう》がひとつ、ぽつんとあるが、今《いま》にも消《き》えそうにチカチカしている。

墓地《ぼち》の中《なか》へ足《あし》を踏《ふ》み入《い》れる勇気《ゆうき》が持《も》てず、しりごみする美希《みき》。

真実《しんじつ》や健太《けんた》の前《まえ》でたんかを切《き》ったものの、やっぱり、ひとりは怖《こわ》かった。

そのとき、背後《はいご》から、

「美希《みき》ちゃーん！」

という声《こえ》が聞《き》こえてくる。

振《ふ》り返《かえ》ると、息《いき》を切《き》らしながら、こちらに走《はし》ってくる健太《けんた》の姿《すがた》が見《み》えた。

「ぷっ！　健太《けんた》くん、なに、そのかっこう？」

健太《けんた》は、昼間《ひるま》つけていたお守《まも》りや魔《ま》よけグッズのほかに、首《くび》にニンニクをつなげたネックレスを巻《ま》き、十字架《じゅうじか》を手《て》にしている。

たんかを切《き》る
歯切《はぎ》れのいい言葉《ことば》で、いせいよくまくしたてること。

ニンニクと十字架《じゅうじか》
どちらも、吸血鬼《きゅうけつき》ドラキュラが苦手《にがて》なもの。ニンニクには殺菌効果《さっきんこうか》があるため、ヨーロッパでは、古《ふる》くから魔《ま》よけとして使《つか》われていた。

それを見《み》て、思《おも》わず笑《わら》いだした美希《みき》に、健太《けんた》は言《い》いかえした。

「もう、笑《わら》わないでよ！　これでも決死《けっし》の覚悟《かくご》で駆《か》けつけてきたんだからね！」

「ごめん、ごめん。なんかいろいろパワーアップしてたから。……もしかして、わたしのこと心配《しんぱい》して来《き》てくれたの？」

「美希《みき》ちゃんをよろしくって、おばさんに頼《たの》まれたから……」

「……ありがとう。健太《けんた》くんのこと、見直《みなお》したわ」

美希《みき》は、感激《かんげき》しながら言《い》った。

「それにひきかえ、真実《しんじつ》くんは冷《つめ》たいわね。友達《ともだち》の健太《けんた》くんがピンチだっていうのに、自分《じぶん》の用事《ようじ》を優先《ゆうせん》させるなんて……」

「きっとホントにだいじな用《よう》があったんだよ」

健太《けんた》は、あわてて言《い》う。

大好《だいす》きな真実《しんじつ》のことを、美希《みき》に、悪《わる》く思《おも》ってほしくなかったのだ。

健太《けんた》と美希《みき》は、墓地《ぼち》の中《なか》へと足《あし》を踏《ふ》み入《い》れた。

「不思議《ふしぎ》だな。ひとりだったら怖《こわ》くて、中《なか》へなんか絶対《ぜったい》に入《はい》れないのに……」

「そうね。ふたり一緒《いっしょ》なら、きっと勇気《ゆうき》も2倍《ばい》になるのよ」

ふたりは暗《くら》い墓地《ぼち》の中《なか》をそろりそろりと歩《ある》き、昨夜《さくや》、名無《なな》しの墓《はか》があった場所《ばしょ》へとやってきた。

そこは昨夜《さくや》と同《おな》じように、オレンジ色《いろ》の光《ひかり》に包《つつ》まれていた。

目《め》の前《まえ》に立《た》つお墓《はか》を見《み》て、健太《けんた》と美希《みき》はギクリと凍《こお》りつく。

「えっ、何《なに》これ!?」

「名《な》無《な》しのお墓《はか》が……増《ふ》えてる!!」

なんと、名《な》無《な》しの墓《はか》は、三《みっ》つになっていた。

ぼう然《ぜん》とする健《けん》太《た》と美《み》希《き》。

そのとき、オレンジ色《いろ》の光《ひかり》が、まばゆい、白《しろ》い光《ひかり》に変《か》わった。

すると、三《みっ》つの墓石《はかいし》に、血《ち》のような赤《あか》い文字《もじ》で三《みっ》つの名前《なまえ》が浮《う》かびあがる。

――宮下健太《みやしたけんた》

――青井美希《あおいみき》

――謎野真実《なぞのしんじつ》

「うわあああああっ!!」

「きゃあああああああっ!!」


同時《どうじ》に悲鳴《ひめい》をあげる健太《けんた》と美希《みき》。

健太《けんた》は、ふたたび気絶《きぜつ》してしまう。

かろうじて踏《ふ》みとどまった美希《みき》は、健太《けんた》を起《お》こそうと、必死《ひっし》で頬《ほお》をたたき続《つづ》けた。

「健太《けんた》くん、起《お》きて! もう、頼《たの》むから、起《お》きてってば!」

「うーん……」

ようやく目《め》をさました健太《けんた》は、キョトンとして、あたりを見回《みまわ》す。

「……あれ?」

気《き》がつくと、墓石《はかいし》に書《か》かれた3人《にん》の名前《なまえ》は、消《き》えている。

いつのまにか、あたりはオレンジ色《いろ》の光《ひかり》に包《つつ》まれ、お墓《はか》はもとの名無《なな》しの墓《はか》に戻《もど》っていた。

「名前《なまえ》が消《き》えた……いったいどういうこと⁉」

首《くび》をかしげる美希《みき》。

「だから言《い》ったじゃない！　あのとき、ぼくが見《み》たのもホントだったんだよ！」

健太《けんた》はそう息巻《いきま》いたあと、「あれ？」と、つぶやいて、美希《みき》の姿《すがた》をまじまじと見《み》る。

「な……なによ？」

「美希《みき》ちゃんの服《ふく》って、オレンジ色《いろ》だったかなーと思《おも》って……」

「え？　わたし、今日着《きょうき》てる服《ふく》は赤《あか》よ」

「でも、今《いま》はオレンジ色《いろ》に見《み》えてるよ？」

どういうことなんだろうと、今度《こんど》は健太《けんた》が首《くび》をかしげた。

そのとき、暗《くら》がりから、あやしい人影《ひとかげ》が近《ちか》づいてきた。

「わわっ、悪霊退散《あくりょうたいさん》！」

あわてて十字架《じゅうじか》をふりかざす健太《けんた》。

「ふっ……キミは、あいかわらずだな」

そう言《い》って現《あらわ》れたのは、真実《しんじつ》だった。

「真実《しんじつ》くん!!」

健太《けんた》と美希《みき》は、同時《どうじ》に叫《さけ》んだ。

「やっぱり心配《しんぱい》して来《き》てくれたんだね！　うれしいよっ！」

健太《けんた》はそう言《い》って、泣《な》きながら真実《しんじつ》に抱《だ》きつく。

「ちょっと……、離《はな》してくれないか」

真実《しんじつ》は少《すこ》しとまどったようすで、健太《けんた》を引《ひ》き離《はな》すと、あらたまった口調《くちょう》で言《い》った。

「ぼくは最初《さいしょ》から、ここへ来《く》るつもりだった。ただキミたちとは行動《こうどう》を別《べつ》にして、経過《けいか》を観《かん》察《さつ》したかったのさ」

おかげでナゾはすべて解決《かいけつ》できたと、真実《しんじつ》は言《い》う。

「えっ？　それって、つまり……」

「名無《なな》しの墓《はか》に名前《なまえ》が浮《う》かんだり、消《き》えたりするのは、何者《なにもの》かがしくんだトリックだってことさ」

「えっと、じゃあ……ぼくは死《し》ななくてすむの？」

「当《あ》たり前《まえ》だろ」

「……よかった」

健太《けんた》の手《て》から、十字架《じゅうじか》がぽろりと落《お》ちる。

健太《けんた》はその場《ば》にへたりこむと、ホッと、安堵《あんど》の溜《た》め息《いき》をついた。

健太《けんた》くんはどうして
美希《みき》さんの服《ふく》の色《いろ》を
間違《まちが》えたんだろう？

解《かい》決《けつ》編《へん》

「墓石《はかいし》に名前《なまえ》が浮《う》かんだり、消《き》えたりするのは、特殊《とくしゅ》な光《ひかり》を使《つか》ったトリックさ。このお墓《はか》をライトアップする光《ひかり》には、2種類《しゅるい》の照明《しょうめい》が使《つか》われている」

お墓《はか》の前《まえ》に取《と》りつけられたふたつの照明器具《しょうめいきぐ》を指《ゆび》さしながら、真実《しんじつ》は言《い》う。

「ひとつは、ごくふつうの白熱電球《はくねつでんきゅう》だ。この明《あ》かりのもとでは、物《もの》の色《いろ》はいちばん自然光《しぜんこう》に近《ちか》い状態《じょうたい》で見《み》える」

「じゃあ、もうひとつは……？」

そうたずねた健太《けんた》に、真実《しんじつ》はほほえみながら答《こた》える。

「今《いま》、ついているこのオレンジ色《いろ》の照明《しょうめい》さ。これは『低圧《ていあつ》ナトリウムランプ』という特殊《とくしゅ》な光《ひかり》なんだ」

「……低圧《ていあつ》ナトリウムランプ？」

ナトリウムランプ
ナトリウムが放電《ほうでん》するときに出《だ》す、特有《とくゆう》のオレンジ色《いろ》を利用《りよう》したランプ。

聞《き》きなれない言葉《ことば》に、美希《みき》は眉《まゆ》をひそめた。

「低圧《ていあつ》ナトリウムランプは、トンネルや高速道路《こうそくどうろ》などの照明《しょうめい》によく使《つか》われている。省《しょう》エネな半面《はんめん》、この明《あ》かりのもとでは色《いろ》を識別《しきべつ》することが難《むずか》しいと言《い》われてるんだ。低圧《ていあつ》ナトリウムランプに照《て》らされたものは、すべてオレンジ一色《いっしょく》に見《み》えてしまう……」

「そっか。わたしの服《ふく》がオレンジ色《いろ》に見《み》えたのも、そのせいだったのね！」

そう言《い》ったあとで、美希《みき》はハッとする。

「ひょっとして、お墓《はか》に書《か》かれていたあの赤《あか》い文字《もじ》も……？」

「もうわかったみたいだね。そのとおりだよ」

真実《しんじつ》は、ニヤリとした。

「犯人《はんにん》はあらかじめ墓石《はかいし》に、赤《あか》い絵《え》の具《ぐ》かなにかで名前《なまえ》を書《か》いておいたのさ。色《いろ》の見分《みわ》けがつかない低圧《ていあつ》ナトリウムランプのもとでは、文字《もじ》が消《き》えて、まるで名無《なな》しの墓《はか》のように見《み》える。しかし、照明《しょうめい》を白熱電球《はくねつでんきゅう》に切《き》りかえると――」

真実《しんじつ》はそう言《い》いながら、照明器具《しょうめいきぐ》のうしろにある植《う》えこみの中《なか》に入《はい》っていき、何《なに》かを操作《そうさ》した。

するとあたりを包《つつ》んでいた光《ひかり》は、オレンジ色《いろ》から、昼間《ひるま》のように明《あか》るい、白《しろ》い光《ひかり》に変《か》わる。

そのとき、三《みっ》つの名無《なな》しの墓《はか》には、それぞれ、「宮下《みやした》健太《けんた》」「青井美希《あおいみき》」「謎野真実《なぞのしんじつ》」と、赤《あか》い文字《もじ》で書《か》かれた3人《にん》の名前《なまえ》が浮《う》かびあがった。

「植《う》えこみの裏側《うらがわ》に、照明《しょうめい》を切《き》りかえるスイッチがあるんだ」

スイッチを指《ゆび》さしながら、真実《しんじつ》が告《つ》げる。

「犯人《はんにん》は植《う》えこみの中《なか》に隠《かく》れて、このスイッチを操作《そうさ》し、名前《なまえ》を浮《う》かびあがらせたり、消《け》したりしていたのさ」

真実《しんじつ》の説明《せつめい》に、美希《みき》も健太《けんた》も納得《なっとく》してうなずく。

「でもその犯人《はんにん》って、いったい誰《だれ》なのかしら……？」

美希《みき》が眉《まゆ》をひそめてつぶやくと、健太《けんた》がわきから言《い》っ

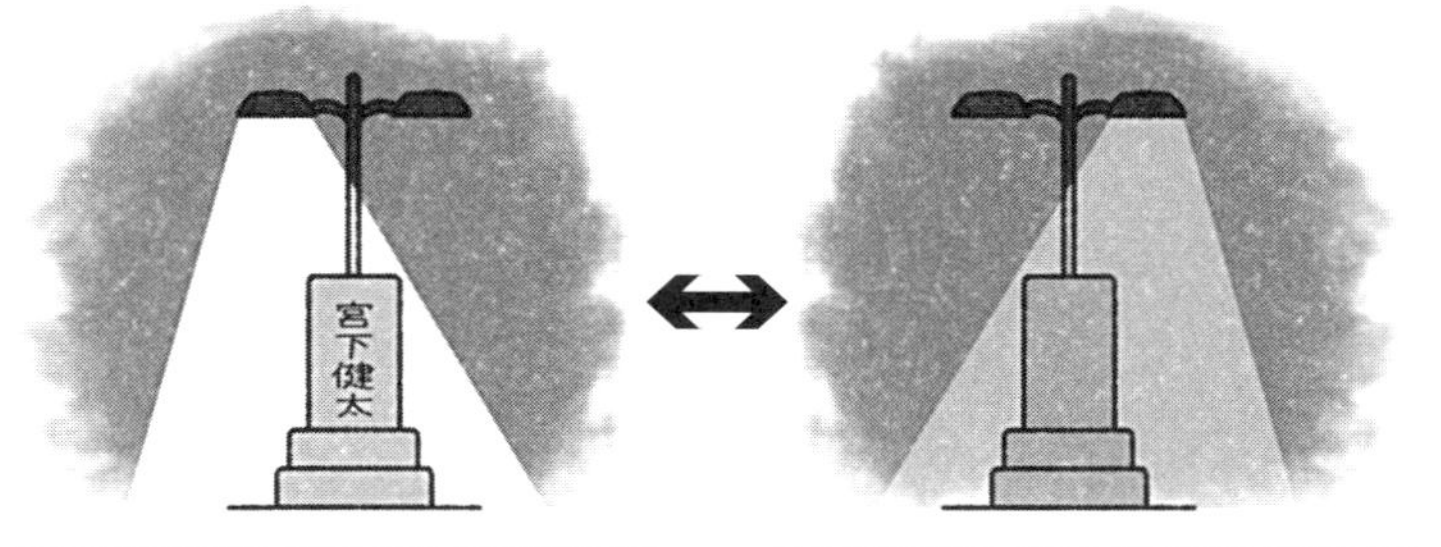

白熱電球《はくねつでんきゅう》のとき

色《いろ》の区別《くべつ》がつくので、はっきりと文字《もじ》が見《み》える。

低圧《ていあつ》ナトリウムランプのとき

文字《もじ》の色《いろ》の区別《くべつ》ができないので何《なに》も書《か》かれていないように見《み》える。

た。

「もしかして……、あのレコードのトリックをしかけた犯人《はんにん》と同《おな》じ人《ひと》!?」

「残念《ざんねん》ながら、犯人《はんにん》の正体《しょうたい》については、ぼくにもわからない。……だがひとつ言《い》えるのは、犯人《はんにん》がぼくたち３人《にん》の名前《なまえ》を知《し》っているということ――そして、目的《もくてき》はわからないが、都市《とし》伝説《でんせつ》を自《みずか》らの手《て》で引《ひ》きおこし、現実《げんじつ》のものにしようとしているってことだよ」

真実《しんじつ》はふたりに言《い》ったあと、張《は》りつめた表情《ひょうじょう》でつぶやく。

「それにしても、わざわざ三《みっ》つの墓石《はかいし》まで用意《ようい》するなんて……。手《て》の込《こ》んだやりかたから考《かんが》えて、単《たん》なるいたずらが目的《もくてき》とは思《おも》えない……」

●

その日《ひ》の、午前《ごぜん》０時《じ》――。
ザー、ザザッ　ザー、ザザッ
砂嵐《すなあらし》がやみ、画面《がめん》に白《しろ》と黒《くろ》の仮面《かめん》をつけたぶきみな人物《じんぶつ》が現《あらわ》れる。

「ワタシノ名前《なまえ》ハ、未来人《みらいじん》Ｉ《アイ》。ワタシハ予言《よげん》スル。
百物語《ひゃくものがたり》デ炎《ほのお》ガ消《け》サレタトキ、本物《ほんもの》ノ怪異《かいい》ガ、
マガマガシキ　ソノ姿《すがた》ヲ現《あらわ》シ、ソコニ集《つど》ウ者《もの》タチヲ、
死者《ししゃ》ノ国《くに》ヘト、イザナウデアロウ」

謎《なぞ》の人物《じんぶつ》は予言《よげん》を告《つ》げると、指《ゆび》をパチンと鳴《な》らす。

ザ－、ザザッ　ザ－、ザザッ

「未来人《みらいじん》Ｉ《アイ》……」
砂嵐《すなあらし》に戻《もど》ったパソコンの画面《がめん》をじっと見《み》つめながら、真実《しんじつ》はつぶやいた。

2

SCIENCE TRICK DATA FILE

科学《かがく》トリック データファイル

特殊《とくしゅ》な光《ひかり》を利用《りよう》する

Q.目《め》に見《み》えない光《ひかり》もあるんだね

太陽《たいよう》の光《ひかり》は、特定《とくてい》の色《いろ》を持《も》たないように感《かん》じますが、実《じつ》は、さまざまな色《いろ》の光《ひかり》が混《ま》ざってできています。また、目《め》に見《み》えない赤《せき》外線《がいせん》や紫外線《しがいせん》も含《ふく》んでいます。

ここでは、目的《もくてき》にあわせて特定《とくてい》の領域《りょういき》の光《ひかり》だけを利用《りよう》しているライトを紹介《しょうかい》します。

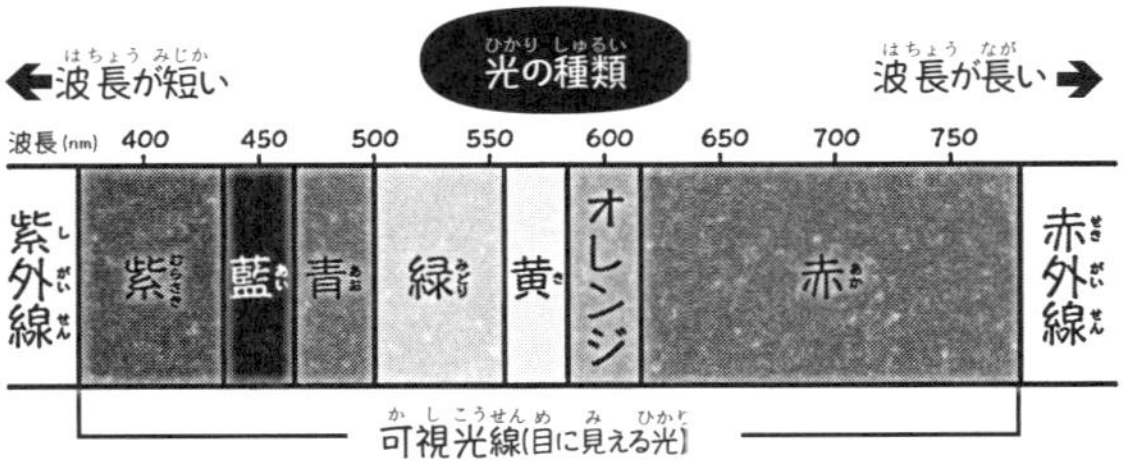
光《ひかり》の種類《しゅるい》
波長《はちょう》が短《みじか》い
波長《はちょう》が長《なが》い
波長(nm)
400
450
500
550
600
650
700
750
紫外線《しがいせん》
紫《むらさき》
藍《あい》
青《あお》
緑《みどり》
黄《き》
オレンジ
赤《あか》
赤外線《せきがいせん》
可視光線《かしこうせん》(目《め》に見《み》える光《ひかり》)

【美術館《びじゅつかん》や博物館《はくぶつかん》の展示用《てんじよう》ライト】
展示品《てんじひん》を傷《いた》める、赤外《せきがい》線《せん》や紫外線《しがいせん》を出《だ》さない。

【ブラックライト】
紫外線《しがいせん》が持《も》つ、蛍光物《けいこうぶつ》質《しつ》を光《ひか》らせる性質《せいしつ》を利《り》用《よう》している。

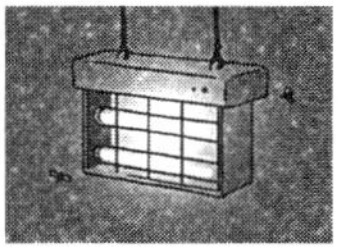

【誘蛾灯《ゆうがとう》】
蛾《が》などの虫《むし》は、紫色《むらさきいろ》から紫《し》外線領域《がいせんりょういき》の光《ひかり》を好《この》む。誘蛾《ゆうが》灯《とう》は、その範囲《はんい》の光《ひかり》を出《だ》して、虫《むし》を集《あつ》める。

【ナトリウムランプ】
オレンジ色《いろ》の光《ひかり》は、ちりや霧《きり》の中《なか》でも遠《とお》くが見《み》とおしやすいので、トンネル内《ない》の明《あ》かりに適《てき》している。

A. 光《ひかり》は電磁波《でんじは》の一種《いっしゅ》なんだよ

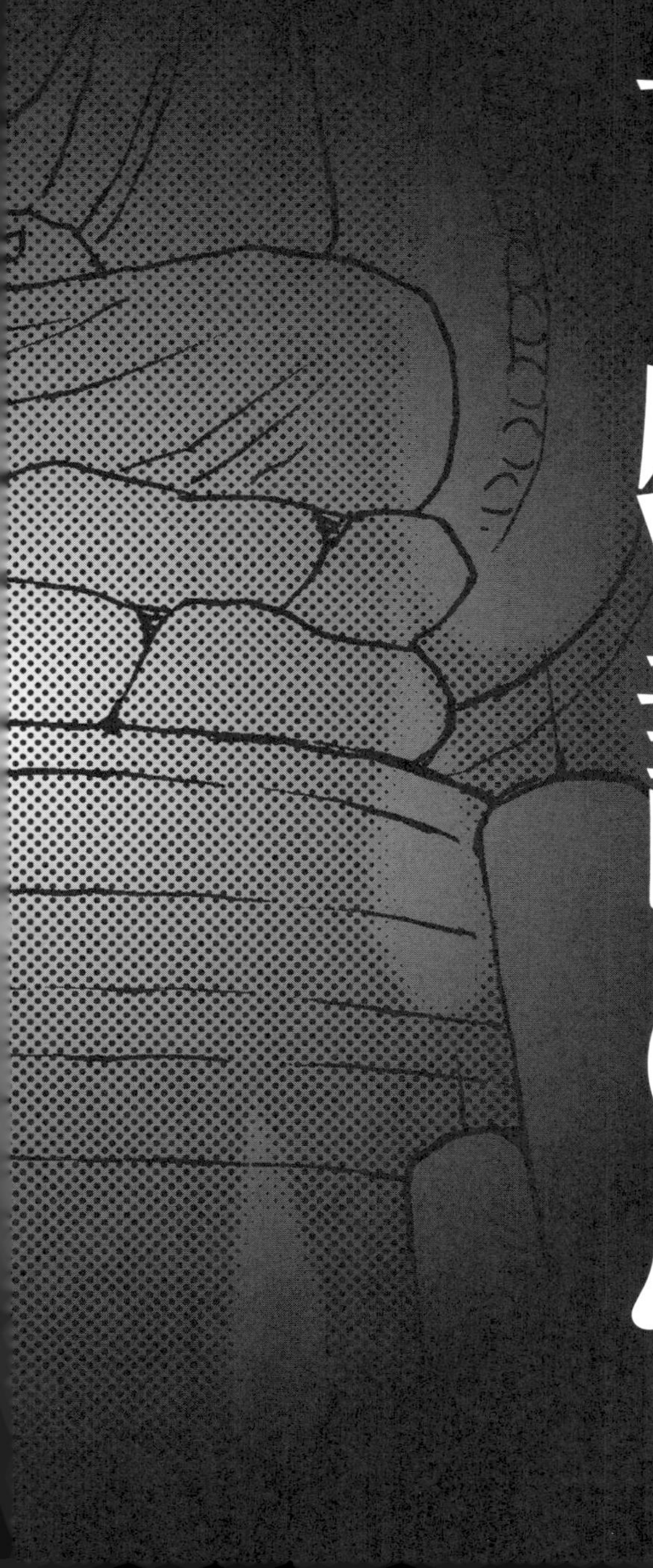

百《ひゃく》物《もの》語《がたり》の怪《かい》

魔界《まかい》の都市《とし》伝説《でんせつ》 3

事《じ》件《けん》編《へん》

「ねえ、昨日《きのう》の動画《どうが》、見《み》た？」

「百物語《ひゃくものがたり》で本物《ほんもの》の怪異《かいい》が姿《すがた》を現《あらわ》し……ってヤツだろ？」

「怪異《かいい》って、お化《ば》けとか、幽霊《ゆうれい》のことだよね？」

「ひゃーっ！」

その日《ひ》も朝《あさ》から、6年《ねん》2組《くみ》の教室《きょうしつ》は、未来人《みらいじん》Ｉ《アイ》の動画《どうが》の話題《わだい》でもちきりだった。

またしても寝《ね》てしまい、動画《どうが》を見《み》のがした健太《けんた》。

しかし今日《きょう》は、見《み》たようなふりをして、話《はな》の輪《わ》に加《くわ》わり、クラスメートたちと盛《も》りあがっていた。

そのとき、教室《きょうしつ》の片《かた》すみから、ボソリとつぶやく声《こえ》が聞《き》こえてくる。

「百物語《ひゃくものがたり》なら、うちのお寺《てら》で毎年《まいとし》やってるよ」

声《こえ》の主《ぬし》は、お寺《てら》の息子《むすこ》の佐藤《さとう》マサオ。

マサオの家《いえ》のお寺《てら》では、毎年《まいとし》、檀家《だんか》の人《ひと》たちが本堂《ほんどう》に集《あつ》まって、百物語《ひゃくものがたり》の会《かい》を開《ひら》くのだという。

「百物語《ひゃくものがたり》は、新月《しんげつ》の夜《よる》におこなわれるんだ。参加者《さんかしゃ》は全員《ぜんいん》、青《あお》い服《ふく》を着《き》て集《あつ》まる。１００本《ぽん》のろうそくを立《た》てて怪談《かいだん》を語《かた》り、１話《わ》語《かた》り終《お》わるごとに、１本《ぽん》ずつ、ろうそくを消《け》していくのさ」

「怪談《かいだん》って、怖《こわ》い話《はなし》のことだろ？」

「へえ、おもしろそうだなぁー」

（そういえば、都市伝説《としでんせつ》を現実《げんじつ》のものにしようとしている犯人《はんにん》がいるって、真実《しんじつ》くんが言《い》ってたっけ……。百物語《ひゃくものがたり》に幽霊《ゆうれい》が現《あらわ》れるっていうのも、都市伝説《としでんせつ》なのかな？）

真実《しんじつ》の言《い》う「犯人《はんにん》」を突《つ》きとめようと考《かんが》えた健太《けんた》は、身《み》を乗《の》りだしてたずねた。

「ねえ、その会《かい》、ぼくたちも参加《さんか》できる？」

しかし、マサオは答《こた》える。

「残念《ざんねん》ながら、ぼくたち子《こ》どもは参加《さんか》できないんだ。百物語《ひゃくものがたり》は徹夜《てつや》でおこなわれるからね」

檀家《だんか》
ある寺《てら》の信徒《しんと》となって、その寺《てら》で葬式《そうしき》などをおこなう家《いえ》や人々《ひとびと》。

「……そっか」

肩《かた》を落《お》とす健太《けんた》。

「だったら、勉強会《べんきょうかい》ってことにして、子《こ》どもだけでやればいいんじゃない？」

こう言《い》ったのは、クラスメートの渡辺《わたなべ》マリだ。

マリの両《りょう》どなりには、ひょろりと背《せ》が高《たか》い高橋《たかはし》コージと、小柄《こがら》でサル顔《がお》の伊藤《いとう》ヒロシが立《た》っていた。

3人《にん》は児童劇団《じどうげきだん》に所属《しょぞく》し、公民館《こうみんかん》などで、たびたび公演《こうえん》をおこなっている演劇《えんげき》トリオ。

マリはぽっちゃりした体《からだ》つきで、自信満々《じしんまんまん》な女《おんな》の子《こ》。男子《だんし》ふたりをいつも両《りょう》わきにはべらせている。将来《しょうらい》の夢《ゆめ》は「美人女優《びじんじょゆう》」だという。

コージはキザなナルシシストで、ハリウッドスターを夢見《ゆめみ》ている。

アクションが得意《とくい》なヒロシの夢《ゆめ》は、スタントマンになることだった。

「言《い》っちゃあなんだけど、怪談《かいだん》を語《かた》らせたら、わたしたち、演劇《えんげき》トリオに

ナルシシスト
うぬぼれや。特《とく》に、自《じ》分《ぶん》の見《み》た目《め》や行動《こうどう》に酔《よ》う人《ひと》のこと。もともとは、水面《すいめん》に映《うつ》る自分《じぶん》の姿《すがた》に恋《こい》をしたという、ギリシャ神話《しんわ》の「ナルキッソス」からきた言葉《ことば》。

ハリウッドスター
映画《えいが》の都《みやこ》・ハリウッド（アメリカ）で撮影《さつえい》される映画《えいが》に出《で》るような、世界的《せかいてき》なスター。

かなうものはなくってよ！」

マリが豪語《ごうご》すると、

「そうとも、ぼくたちは役者《やくしゃ》だからね」

と、コージも、キザなしぐさで長髪《ちょうはつ》をかきあげる。

ヒロシは、その場《ば》でクルリとバック転《てん》をしてみせ、

「あ、そういうことだぁ！」

と、ポーズを決《き》めた。

「……というわけで、今夜《こんや》６時《じ》、マサオくんちのお寺《てら》で子《こ》どもだけの百物語《ひゃくものがたり》の会《かい》を開《ひら》くことにしたわ。参加希望《さんかきぼう》

者《しゃ》は、青《あお》い服《ふく》を着《き》て、お寺《てら》の本堂《ほんどう》に集合《しゅうごう》ね！」

「ちょっと待《ま》って！　ぼくはまだ何《なに》も……」

勝手《かって》に会《かい》を開《ひら》くことを決《き》めて、参加者《さんかしゃ》をつのりはじめたマリに、お寺《てら》の息子《むすこ》のマサオはあせる。

だが強引《ごういん》なマリに押《お》しきられ、結局《けっきょく》、会《かい》は開《ひら》かれることになった。

そのとき、教室《きょうしつ》の扉《とびら》がガラリと開《あ》いて、となりのクラスの美希《みき》が入《はい》ってきた。

「話《はなし》は聞《き》かせてもらったわ！　百物語《ひゃくものがたり》の会《かい》、わたしもぜひ参加《さんか》させてもらうわよ！」

美希《みき》はそう告《つ》げたあと、百物語《ひゃくものがたり》の会《かい》では、絶対《ぜったい》に何《なに》かが起《お》きると、みんなに断言《だんげん》する。

「百物語《ひゃくものがたり》で最後《さいご》に残《のこ》ったろうそくが消《け》され、真《しん》の暗闇《くらやみ》がおとずれたとき、本物《ほんもの》の怪奇現象《かいきげんしょう》が起《お》きる――これは、日本《にほん》に古《ふる》くから言《い》い伝《つた》えられている都市伝説《としでんせつ》なの。だから、百物語《ひゃくものがたり》をやれば、必《かなら》ず何《なに》かが起《お》きる！　未来人《みらいじん》Ｉ《アイ》

スタントマン
主演俳優《しゅえんはいゆう》などの代役《だいやく》として、危険《きけん》な演技《えんぎ》を専門《せんもん》におこなう人《ひと》。もちろん、映画《えいが》では俳優本人《はいゆうほんにん》が演《えん》じているように見《み》せるため、スタントマンの顔《かお》は出《で》ない。

の予言《よげん》どおりなら、参加《さんか》した人《ひと》たちを死者《ししゃ》の国《くに》へといざなうような、恐《おそ》ろしい出来事《できごと》がね！」

「し、死者《ししゃ》の国《くに》⁉」

健太《けんた》は、ゾッとした。

話《はなし》を聞《き》いたクラスメートたちも、すっかりおびえてしまい、参加《さんか》をしりごみしはじめる。

そんななか、飯島凛《いいじまりん》はバラ色《いろ》の頬《ほお》を輝《かがや》かせ、にここしながら言《い》った。

「怖《こわ》いけど、なんかおもしろそう。ボク、参加《さんか》したい！　ねね、真実《しんじつ》くん、キミも参加《さんか》するよね？」

「……そうだな。参加《さんか》するよ。美希《みき》さんの言《い》うとおり、何《なに》か起《お》きるかもしれないからね」

真実《しんじつ》はそう言《い》って、参加《さんか》の意《い》を示《しめ》す。

「わあ、よかった～！　ねね、真実《しんじつ》くんも参加《さんか》するってさ。百物語《ひゃくものがたり》の会《かい》、もちろん健太《けんた》くんも行《い》くよね？」

「う、うん……。そうだね」

そこへ運《うん》よく、学級委員長《がっきゅういいんちょう》の「マジメスギ」こと杉田《すぎた》ハジメが口《くち》をはさんでくる。

「ダメダメ、ダメです！　子《こ》どもだけで百物語《ひゃくものがたり》をやるなんて絶対《ぜったい》にいけません！」

（よかった〜。マジメスギくんが反対《はんたい》してくれれば、会《かい》は中止《ちゅうし》になる）

そう思《おも》って、健太《けんた》がホッとしかけたとき、マジメスギは続《つづ》けて言《い》った。

「どうしても会《かい》を開《ひら》くというなら、監視役《かんしやく》として、ワタシも参加《さんか》させてもらいますよ！」

（ええええ〜!?）

健太《けんた》は、目《め》が点《てん》になる。

「マジメスギのヤツ、なんだかんだ言《い》って、自分《じぶん》が百物語《ひゃくものがたり》に参加《さんか》したいだけなんじゃないか？」

監視役《かんしやく》とか言《い》いながら、なぜか、いきいきと目《め》を輝《かがや》かせているマジメスギを見《み》て、クラスメートたちはヒソヒソとささやきあった。


午後《ごご》6時《じ》。

早《はや》めの夕食《ゆうしょく》をすませた健太《けんた》は、青《あお》っぽい服《ふく》を着《き》て、マサオの家《いえ》のお寺《てら》にやってきた。

本堂《ほんどう》を入《はい》ってすぐのところには、ついたてがあった。

奥《おく》には仏像《ぶつぞう》がまつられていて、その手前《てまえ》には、どっしりとした、長《なが》い座《ざ》り机《づくえ》が置《お》かれている。子《こ》どもたちは、そのまわりに集《あつ》まっていた。

マサオと凛《りん》は、箱《はこ》からろうそくを出《だ》して準備《じゅんび》をはじめている。

「宮下《みやした》くん、遅《おそ》いですよ。こういう会《かい》には、約束《やくそく》の5分前《ふんまえ》に来《く》るのが常識《じょうしき》です」

6時《じ》ちょうどにやってきた健太《けんた》に、マジメスギはダメ出《だ》しをし、くどくどと説教《せっきょう》をはじめる。

そこへ、5分遅《ふんおく》れで、マリ、コージ、ヒロシの演劇《えんげき》トリオが到着《とうちゃく》した。

「キミたち、遅刻《ちこく》ですよ！」

目《め》くじらを立《た》てるマジメスギ。

しかし演劇《えんげき》トリオは、それをものともせず、余裕《よゆう》の表情《ひょうじょう》で言《い》う。

「ごめん、ごめん。けいこが長引《ながび》いちゃってさー」

「ま、真打《しんう》ちは遅《おく》れてくるものよね」

真打《しんう》ち
落語家《らくごか》の最上級《さいじょうきゅう》ランク。寄席《よせ》などで最後《さいご》に出演《しゅつえん》する資格《しかく》を持《も》つ。

演劇《えんげき》のけいこからそのままお寺《てら》に来《き》たという3人《にん》が加《くわ》わり、10人《にん》の子《こ》どもたちが、その場《ば》に集《あつ》まった。

顔《かお》ぶれは、健太《けんた》、真実《しんじつ》、美希《みき》と、演劇《えんげき》トリオ、凛《りん》、マジメスギ、お寺《てら》の息子《むすこ》のマサオ、そして、美希《みき》と同《おな》じクラスの田中《たなか》ゆっこ――。

真実《しんじつ》に片想《かたおも》い中《ちゅう》のゆっこは、「謎野《なぞの》くんが来《く》るなら……」と、参加《さんか》を希望《きぼう》したのだった。

「みんな、そろったことだし、そろそろはじめようか」

マサオはそう言《い》って、机《つくえ》の上《うえ》に置《お》かれたろうそくに火《ひ》をつけようとした。

「待《ま》ってください！　火《ひ》を使《つか》うなら万全《ばんぜん》の対《たい》策《さく》が必要《ひつよう》です！　万《まん》が一《いち》、火事《かじ》が起《お》きそうになったとき、すぐに消火《しょうか》できるように、防火《ぼうか》用《よう》の水《みず》を置《お》いておきましょう」

マジメスギはそう言《い》って、水《みず》をはったバケツをマサオに持《も》ってこさせた。

「それと、ワタシからひとつ提案《ていあん》があります。子《こ》どもだけの集《あつ》まりで夜遅《よるおそ》くなるのはよくないので、百物語《ひゃくものがたり》の会《かい》ではなく、十物語《じゅうものがたり》の会《かい》に変更《へんこう》しましょう」

みんなは、「え～？」と、不満《ふまん》の声《こえ》をもらしたが、マジメスギはかまわず続《つづ》ける。

「終了予定時刻《しゅうりょうよていじこく》は午後《ごご》8時《じ》。10人《にん》の参加者《さんかしゃ》がひとり1話《わ》ずつ怪談《かいだん》を語《かた》るとして、そこか

ら逆算《ぎゃくさん》すると、持《も》ち時間《じかん》はひとり10分前後《ぶんぜんご》になります。みなさん、よろしいですね？」

一同《いちどう》はなおも不満《ふまん》げな顔《かお》を見《み》せたが、反論《はんろん》すると、かえって面倒《めんどう》くさいことになりそうなので誰《だれ》も何《なに》も言《い》わなかった。

「……言《い》いたいことは、それだけ？　じゃあ、はじめるよ」

マサオの手《て》により、本堂《ほんどう》の明《あ》かりが消《け》され、10本《ぽん》のろうそくに火《ひ》がともされた。

うす暗《ぐら》い空間《くうかん》に、ろうそくの炎《ほのお》がゆらゆらとゆれる。

仏像《ぶつぞう》があやしく照《て》らされ、いかにも何《なに》か出《で》そうな、ぶきみな雰囲気《ふんいき》になった。

さっきまではしゃいでいた子《こ》どもたちは、シンと静《しず》まりかえる。


かくして、百物語《ひゃくものがたり》——ならぬ、十物語《じゅうものがたり》の会《かい》がはじまったのだった。


トップバッターで怪談《かいだん》を語《かた》りはじめたのは、演劇《えんげき》トリオのマリだった。

「これは、わたしの友達《ともだち》のお姉《ねえ》さんが体験《たいけん》した話《はなし》なんだけどね……」

そう言《い》いながらマリは、芝居《しばい》がかった口調《くちょう》で語《かた》りだす。

「中学《ちゅうがく》の部活《ぶかつ》の合宿《がっしゅく》で、お姉《ねえ》さんは、ある旅館《りょかん》に泊《と》まったんだって。そのとき、布団《ふとん》が敷《し》かれた畳《たたみ》には、変《へん》なシミがあったそうよ。その夜《よる》、寝《ね》ているとき、ギイイ……ギイイ……って、妙《みょう》な音《おと》が聞《き》こえてきて、お姉《ねえ》さんは目《め》をさましたの。すると、目《め》の前《まえ》に、ぶらあああ〜〜〜ん！　赤《あか》い着物姿《きものすがた》の女《おんな》が首《くび》をつって、天井《てんじょう》からぶらさがっていたんだって。女《おんな》は長《なが》い髪《かみ》のあいだから、ギロリと、うらみのこもった目《め》で、お姉《ねえ》さんをにらみつけていたそうよ」

マリがその女《おんな》の目《め》つきをまねると、参加者《さんかしゃ》からは、悲鳴《ひめい》があがった。

ろうそくの１本《ぽん》が消《け》され、あたりがまた少《すこ》し暗《くら》くなる。

気《き》のせいか、周囲《しゅうい》の空気《くうき》まで寒《さむ》くなったように、健太《けんた》には感《かん》じられた。

「次《つぎ》はワタシの番《ばん》ですね」

そう言《い》って、怪談《かいだん》をはじめたのは、マジメスギだった。

「これは、ワタシの敬愛《けいあい》する東大生《とうだいせい》のいとこから聞《き》いた話《はなし》なのですが……」

と、前置《まえお》きし、

「登山部《とざんぶ》に所属《しょぞく》していたいとこは、あるとき、仲間《なかま》と山小屋《やまごや》に泊《と》まろうとしたんですね。ところが、そこには、山《やま》で遭難《そうなん》した男《おとこ》の人《ひと》の遺体《いたい》が置《お》かれていました。怖《こわ》くなって、そこに泊《と》まるのをあきらめ、いとこたちは、すぐに山《やま》を下《お》りたんです。ようやくふもとにたどりつき、ホッとしたのもつかのま、いとこはうしろを振《ふ》り返《かえ》って、思《おも》わず悲鳴《ひめい》をあげました。なんと、登山部《とざんぶ》の仲間《なかま》のひとりの背中《せなか》に、山小屋《やまごや》の遺体《いたい》そっくりの顔《かお》をした男《おとこ》の人《ひと》がしがみついていたんですよ。こぉ〜んなふうに……」

マジメスギはそう言《い》いながら、となりにいた健太《けんた》の背中《せなか》にしがみつくしぐさをした。

「ぎゃあああああっ！　離《はな》してっ、いやあああああっ!!」

健太《けんた》は驚《おどろ》いて、じたばたもがき、場《ば》は騒然《そうぜん》となった。

怪談《かいだん》は、次々《つぎつぎ》と語《かた》られ、そのたびに、ろうそくが１本《ぽん》ずつ消《け》されていく。

半分《はんぶん》のろうそくが消《け》され、あたりがいちだんと暗《くら》くなったとき、お寺《てら》の息子《むすこ》のマサオの番《ばん》になった。

「これは怪談《かいだん》っていうのとは、ちょっと違《ちが》う気《き》がするんだけど……。このお寺《てら》の本堂《ほんどう》で百物語《ひゃくものがたり》の会《かい》をやったときに、実際《じっさい》に起《お》きた話《はなし》なんだよね」

独特《どくとく》のボソボソした口調《くちょう》で語《かた》りだすマサオ。

「3年《ねん》くらい前《まえ》だったかなぁ……。このときも参加者《さんかしゃ》は、主催者《しゅさいしゃ》の父《ちち》も含《ふく》めて10人《にん》だったんだ。100話目《わめ》の怪談《かいだん》が終《お》わって、最後《さいご》のろうそくが消《け》され、なにごともなく会《かい》は終《お》わったんだけど、そのとき参加《さんか》していたひとりが『おかしい』って騒《さわ》ぎはじめたんだ。10人《にん》いたはずの参加者《さんかしゃ》が9人《にん》になってるって言《い》うんだよ」

マサオはそこで言葉《ことば》を切《き》り、ろうそくに照《て》らされた一同《いちどう》の顔《かお》を見回《みまわ》す。

「結局《けっきょく》、誰《だれ》か先《さき》に帰《かえ》ったんだろうってことになって、その場《ば》はおさまり、みんな帰《かえ》っていったんだけど、その後《ご》、近所《きんじょ》で空《あ》き家《や》がぽつんとできた。そこに住《す》んでいた人《ひと》のことは、誰《だれ》も覚《おぼ》えていない。いなくなった参加者《さんかしゃ》は、あの日以来《ひいらい》、永遠《えいえん》に消《き》えてしまったんだ……」

参加者《さんかしゃ》たちは、息《いき》を詰《つ》め、シンとなった。

（もうダメ……怖《こわ》すぎる！）

健太《けんた》は、思《おも》わず耳《みみ》をふさぐ。

「……あれ？」

そのとき、健太《けんた》はあることに気《き》づいた。

その場《ば》にいる人数《にんずう》をあらためて数《かぞ》えてみたら、10人《にん》いたはずの参加者《さんかしゃ》が、９人《にん》になっていたのである。

「ひとり足《た》りない。マサオくんが言《い》ったとおりだ！　……いや、まさか」

未来人《みらいじん》Ｉ《アイ》の予言《よげん》が、健太《けんた》の頭《あたま》をよぎった。

百物語《ひゃくものがたり》デ……本物《ほんもの》ノ怪異《かいい》ガ……姿《すがた》ヲ現《あらわ》シ、ソコニ集《つど》ウ者《もの》タチヲ、死者《ししゃ》ノ国《くに》ヘト、イザナウデアロウ

思《おも》わず立《た》ちあがり、叫《さけ》び声《ごえ》をあげる健太《けんた》。

「きっと、死者《ししゃ》の国《くに》に連《つ》れていかれたんだ！」

そのとき、ドンという鈍《にぶ》い音《おと》が、あたりに響《ひび》きわたった。

同時《どうじ》に、ひゅーっと、一陣《いちじん》の風《かぜ》が部屋《へや》の中《なか》を駆《か》けぬけていき、机《つくえ》の上《うえ》に置《お》かれていたろうそくの火《ひ》を、すべてかき消《け》した。

そして、真《ま》っ暗《くら》な闇《やみ》がおとずれた。

「ひいっ！」と叫《さけ》んで、身《み》を縮《ちぢ》める健太《けんた》。

次《つぎ》の瞬間《しゅんかん》、暗《くら》がりの中《なか》に、ぼおーっと、何《なに》かが浮《う》かびあがる。

「ぎゃあああっ!!」

「いやああああああっ!!」

浮《う》かんでいたのは、死《し》に神《がみ》のような、恐《おそ》ろしい顔《かお》——。

暗闇《くらやみ》の中《なか》にもかかわらず、その顔《かお》だけが青白《あおじろ》く光《ひか》っていた。

あたりは、阿鼻叫喚《あびきょうかん》の嵐《あらし》となる。

「連《つ》れてかないで！　ぼく、死者《ししゃ》の国《くに》へなんか行《い》きたくない！」

参加者《さんかしゃ》たちは悲鳴《ひめい》をあげながら、本堂《ほんどう》の中《なか》をやみくもに逃《に》げまわった。

「みなさん、どど、どうか落《お》ち着《つ》いてください！」

そう言《い》いながら、マサオに用意《ようい》させたバケツに片足《かたあし》を突《つ》っこんで、大騒《おおさわ》ぎするマジメスギ。


しばらくして、マサオが電気《でんき》をつけた。

あたりは明《あか》るくなり、同時《どうじ》に、浮《う》かびあがった恐《おそ》ろしい顔《かお》も消《き》える。

参加者《さんかしゃ》はまた、もとの10人《にん》に戻《もど》っていた。


「ダメだ……もうぼくたちは、死者《ししゃ》の国《くに》に連《つ》れていかれちゃうんだ」

泣《な》きそうな顔《かお》の健太《けんた》。

「怖《こわ》い話《はなし》をすると、呼《よ》ばれて霊《れい》が来《く》るっていうけど……本当《ほんとう》だったんだね」

凛《りん》も、放心《ほうしん》したようすでつぶやく。

「どうでもいいけど、ふたりとも、ぼくから離《はな》れてくれないかな」

健太《けんた》と凛《りん》は、両《りょう》わきから真実《しんじつ》にしがみついていたのだった。

「これは怪奇現象《かいきげんしょう》なんかじゃないから、安心《あんしん》していいよ」

真実《しんじつ》が言《い》うと、いまだパニック状態《じょうたい》の健太《けんた》は、おろおろしながらたずねる。

「でも、ろうそくの火《ひ》がひとりでに消《き》えて、死《し》に神《がみ》のような顔《かお》が現《あらわ》れたんだよ？　真実《しんじつ》くんは、それを誰《だれ》かがしくんだトリックだって言《い》うの？」

「もちろんさ」

真実《しんじつ》が答《こた》えると、凛《りん》ははずかしそうに、長《なが》いまつげにふちどられた目《め》をふせた。

「キミがそう言《い》うんなら、きっとそうなんだろうね。えへへ、ボク、びっくりして、取《と》りみだしちゃったよ。……真実《しんじつ》くん、よかったらキミの推《すい》理《り》、聞《き》かせてほしいな」

凛《りん》はそう言《い》うと、とび色《いろ》の大《おお》きな瞳《ひとみ》を真実《しんじつ》に向《む》けた。

阿鼻叫喚《あびきょうかん》
阿鼻地獄《あびじごく》で責《せ》め苦《く》にあって、泣《な》き叫《さけ》ぶようす。仏教《ぶっきょう》では、地獄《じごく》は八《やっ》つあるとされ、阿鼻《あび》地獄《じごく》は八《やっ》つめの地獄《じごく》。最悪《さいあく》の罪《つみ》を犯《おか》したものが落《お》ちるとされ、ほかの地獄《じごく》の千倍《せんばい》もの責《せ》め苦《く》を受《う》けるという、とんでもない地獄《じごく》。

「まずは、ろうそくの炎《ほのお》が消《き》えたナゾだ」

たんたんと自分《じぶん》の推理《すいり》を語《かた》りだす真実《しんじつ》。

「十物語《じゅうものがたり》がはじまってしばらくたったあと、10人《にん》いた参加者《さんかしゃ》は、９人《にん》になっていたよね？ いなくなったひとりは、自分《じぶん》の席《せき》を離《はな》れ、あの、ついたての陰《かげ》にかくれていたのさ」

真実《しんじつ》はそう言《い》って、机《つくえ》のそばのついたてを指《ゆび》さす。

「そして、その誰《だれ》かは、持参《じさん》したある道具《どうぐ》を使《つか》い、風《かぜ》を起《お》こして、残《のこ》ったろうそくの火《ひ》をいっぺんに吹《ふ》き消《け》したんだ」

「いったい誰《だれ》なんですか、それは!? ワタシをこんな目《め》にあわせるなんて許《ゆる》せません！」

バケツに突《つ》っこんで濡《ぬ》れた片足《かたあし》を指《ゆび》さしながら、マジメスギは息《いき》巻《ま》いた。

すると、その場《ば》にいた一同《いちどう》も、

本堂内《ほんどうない》の位置関係《いちかんけい》

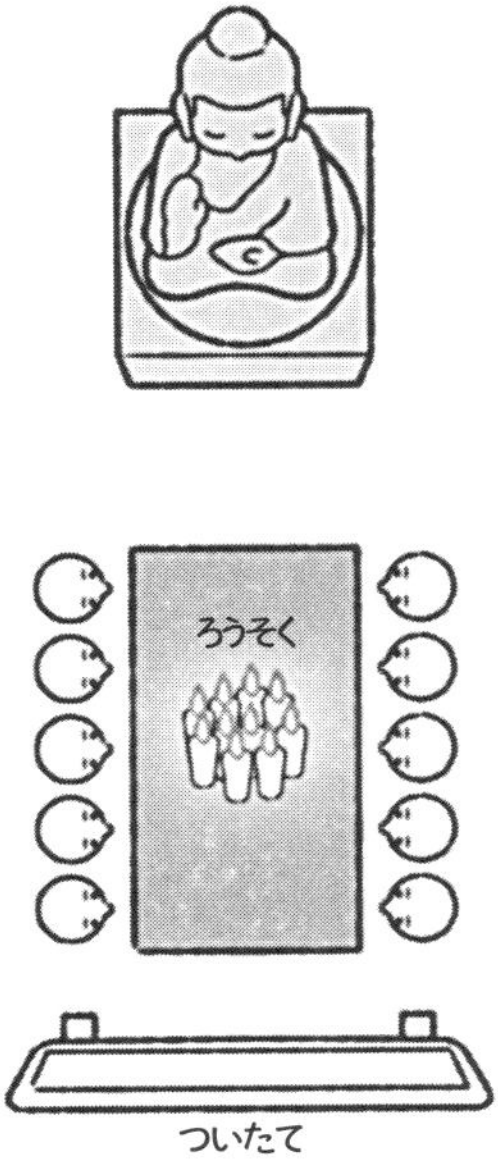

いっせいにざわめきだす。

「そうだ、誰《だれ》なんだよ、こんなイタズラをしたのは!?」

「仮《かり》にその人物《じんぶつ》をX《エックス》としよう」

真実《しんじつ》は、みんなに告《つ》げた。

「さっきも言《い》ったように、X《エックス》は風《かぜ》を起《お》こすために、ある道具《どうぐ》を使《つか》ったんだ。それを持《も》っている人物《じんぶつ》が、すなわちX《エックス》ってことさ」

参加者《さんかしゃ》のうち、健太《けんた》、真実《しんじつ》、美希《みき》、凛《りん》、マジメスギ、ゆっこは、家《いえ》から直接来《ちょくせつき》たので、手《て》ぶらだった。

お寺《てら》の息子《むすこ》のマサオも、もちろん手《て》ぶらである。

一方《いっぽう》、けいこの帰《かえ》りにお寺《てら》にやってきた劇団《げきだん》トリオは、それぞれ演劇《えんげき》に使《つか》う道具《どうぐ》を手《て》にしていた。

マリが持《も》っていたのは、舞台《ぶたい》で使《つか》う暗幕《あんまく》である。それは厚《あつ》く、黒《くろ》い布《ぬの》で、光《ひかり》を通《とお》さない。

ヒロシが持参《じさん》したのは、効果音《こうかおん》に使《つか》うタイコとバチだ。たたくと、ドンという鈍《にぶ》い音《おと》がする。

そして、コージが持《も》ってきたのは、縦長《たてなが》の段《だん》ボール箱《ばこ》。舞台《ぶたい》のセットの家《いえ》のえんとつにするとかで、箱《はこ》の片面《かためん》には丸《まる》い穴《あな》が開《あ》けられていた。

「なるほど……そういうことか」

真実《しんじつ》はサラサラの髪《かみ》をかきあげ、ニヤリとする。

【マリ】暗幕《あんまく》

【ヒロシ】タイコとバチ

【コージ】穴《あな》の開《あ》いた段《だん》ボール箱《ばこ》

「真実《しんじつ》くん、キミはもう誰《だれ》がやったかわかったの？」

そうたずねる健太《けんた》に、

「ああ、ぼくが推理《すいり》したとおりさ」

と、真実《しんじつ》は答《こた》える。

「3人《にん》が持《も》っている暗幕《あんまく》、タイコとバチ、段《だん》ボール箱《ばこ》のなかでひとつだけ、数《すう》メートル先《さき》のろうそくの炎《ほのお》を、一瞬《いっしゅん》にして吹《ふ》き消《け》す道具《どうぐ》として使《つか》えるものがあるんだ」

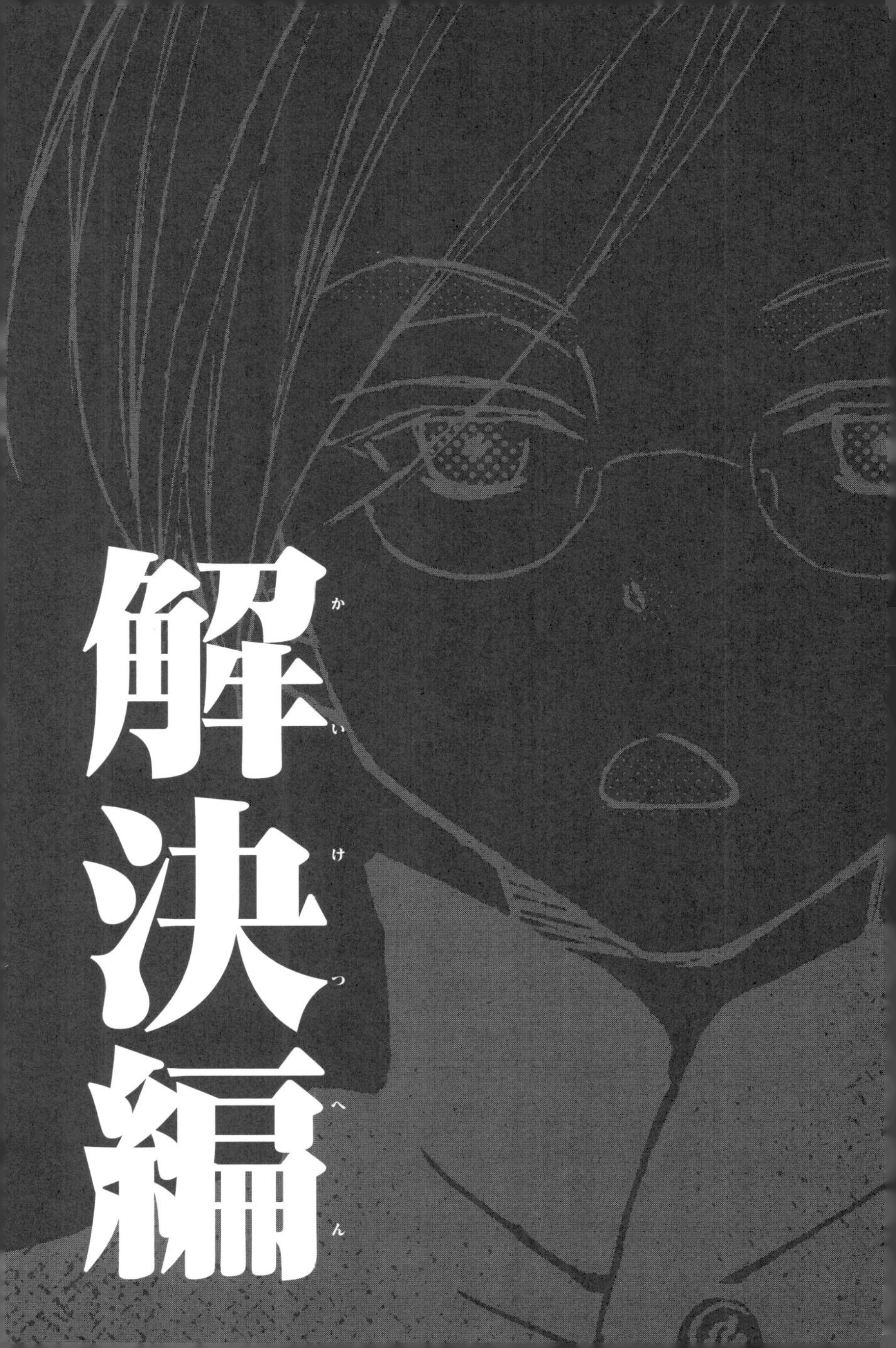

解《かい》決《けつ》編《へん》

その場《ば》にいた一同《いちどう》は、ザワザワしながら、やったのは誰《だれ》かと、小声《こごえ》で言《い》いあった。

「いちばんあやしいのは、暗幕《あんまく》を持《も》っている渡辺《わたなべ》マリさんです。バサバサして風《かぜ》を起《お》こしたにちがいありません」

マジメスギは決《き》めつけたが、美希《みき》はけげんそうに眉《まゆ》をひそめる。

「でも、そんなことをすれば、さすがにみんな気《き》づくわよね」

「風《かぜ》が起《お》きたとき、ぼくはドンという音《おと》を聞《き》いたよ。タイコのような音《おと》だった」

健太《けんた》はそう言《い》って、ヒロシのタイコを指《ゆび》さす。

「えっ、ぼくじゃないよ！　第一《だいいち》、タイコをたたいて、どうやって風《かぜ》を起《お》こすっていうんだい？」

「そ、それは……」

そんな一同《いちどう》を見《み》かねて、真実《しんじつ》が正解《せいかい》を言《い》う。

「やったのは、段《だん》ボール箱《ばこ》を持《も》っている高橋《たかはし》コージくん、キミだね」

真実《しんじつ》はつかつかと歩《あゆ》み寄《よ》ると、コージのかたわらに置《お》かれていた段《だん》ボール箱《ばこ》を手《て》に取《と》った。

「片面《かためん》に丸《まる》い穴《あな》が開《あ》いたこの段《だん》ボール箱《ばこ》……。これは空気砲《くうきほう》としても使《つか》えるんだ。実際《じっさい》にこれを使《つか》って、実験《じっけん》をしてみよう」

真実《しんじつ》は、空気《くうき》の流《なが》れをわかりやすくするため、マサオに頼《たの》んで線香《せんこう》をたいてもらった。

その煙《けむり》を段《だん》ボール箱《ばこ》の中《なか》に集《あつ》めると、机《つくえ》の上《うえ》のろうそくに火《ひ》をつける。

「いいかい？　よく見《み》てて」

ついたてのうしろ側《がわ》にやってきた真実《しんじつ》は、段《だん》ボール箱《ばこ》の丸《まる》い穴《あな》が開《あ》いた部分《ぶぶん》をついたての上《うえ》に出《だ》して、みんなに告《つ》げた。

「じゃあ、行《い》くよ！」

真実《しんじつ》が段《だん》ボール箱《ばこ》の胴体部分《どうたいぶぶん》をドンッとたたくと、丸《まる》い穴《あな》から、白《しろ》いけむりの輪《わ》っかが勢《いきお》いよく飛《と》びだしてきた。

けむりの輪《わ》っかが、ろうそくの炎《ほのお》に当《あ》たる。

その瞬間《しゅんかん》、炎《ほのお》はすべて消《き》えた。

一同《いちどう》から、どよめきが起《お》きる。

「白《しろ》い輪《わ》っかは、空気《くうき》のかたまりさ。段《だん》ボール箱《ばこ》をたたいた衝撃《しょうげき》で、この丸《まる》い穴《あな》から空気《くうき》のかたまりが飛《と》びだし、輪《わ》となって遠《とお》くまで飛《と》んでいき、ろうそくの炎《ほのお》を吹《ふ》き消《け》したんだ」

実験《じっけん》のなりゆきを見《み》ていたコージは、「フフン」と鼻《はな》を鳴《な》らし、開《ひら》きなおった。

「……ま、そこまで言《い》われちゃあしかたがない。そうとも、ぼくがやったのさ。謎野《なぞの》くん、すべてはキミが言《い》ったとおりだよ」

コージはそう言《い》ったあと、ニヤリとしながら、自慢《じまん》の長髪《ちょうはつ》をかきあげる。

「しかし謎野《なぞの》くんは、だいじなことを見落《みお》としてるね。ろうそくが消《き》えたあと、暗闇《くらやみ》の中《なか》に現《あらわ》れた、あの青白《あおじろ》い顔《かお》の死《し》に神《がみ》のことは、どう説明《せつめい》するんだい？」

「あれはいたって簡単《かんたん》なトリックさ。ネオンメイクを使《つか》ったんだろ？」

真実《しんじつ》は、さらりと答《こた》える。

すると、その場《ば》にいた女子《じょし》3人《にん》は、目《め》を輝《かがや》かせた。

「ネオンメイク、わたし、知《し》ってる！」

空気《くうき》のうずが炎《ほのお》を消《け》す

「暗闇《くらやみ》でブラックライトを当《あ》てると光《ひか》る、蛍光塗料《けいこうとりょう》が入《はい》ったメイクでしょ!?」

「そう、そのブラックライトを、高橋《たかはし》くん、キミはどこかに隠《かく》し持《も》っているよね？」

真実《しんじつ》に指摘《してき》されたコージは、

「そこまでお見通《みとお》しってわけか、まいったな〜」

と、つぶやき、ズボンのポケットから、懐中電灯《かいちゅうでんとう》のような形《かたち》をしたブラックライトを取《と》りだした。


「今《いま》から、ここに死《し》に神《がみ》を出現《しゅつげん》させてみせる!」


本堂《ほんどう》の明《あ》かりを消《け》し、自分《じぶん》の顔《かお》にブラックライトを当《あ》てるコージ。

すると暗闇《くらやみ》の中《なか》、あらかじめ透明《とうめい》のネオンメイクがほどこされ

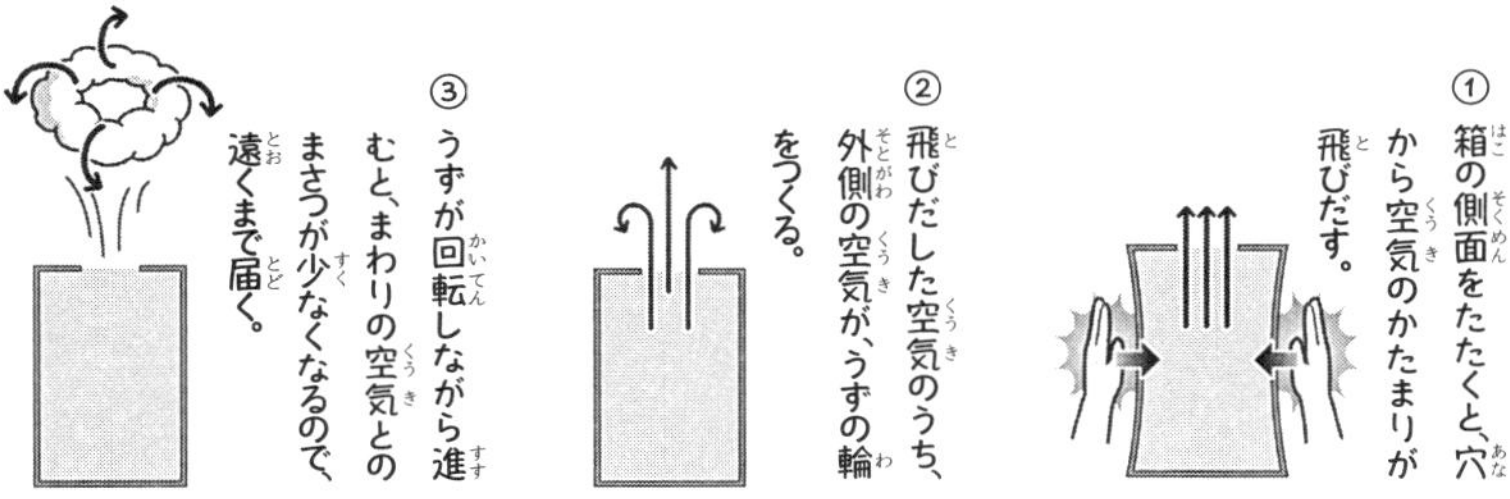
①箱《はこ》の側面《そくめん》をたたくと、穴《あな》から空気《くうき》のかたまりが飛《と》びだす。
②飛《と》びだした空気《くうき》のうち、外側《そとがわ》の空気《くうき》が、うずの輪《わ》をつくる。
③うずが回転《かいてん》しながら進《すす》むと、まわりの空気《くうき》とのまさつが少《すく》なくなるので、遠《とお》くまで届《とど》く。

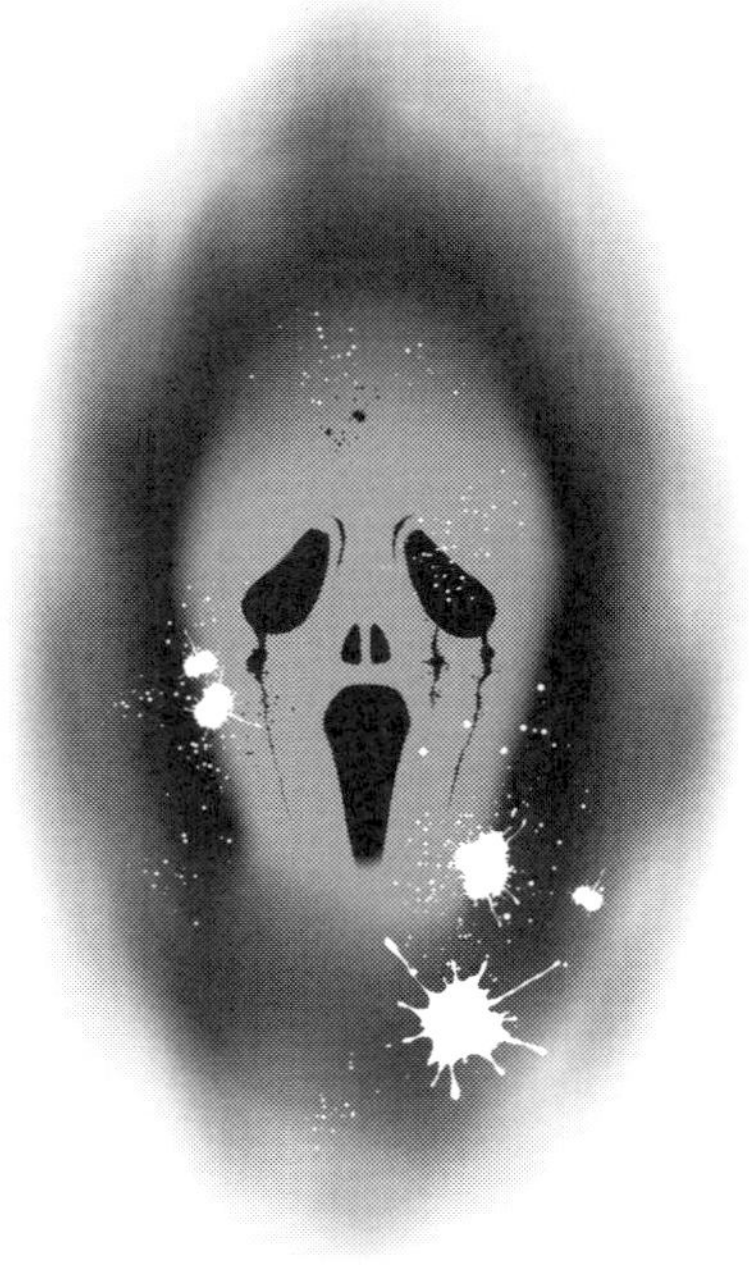

ていたコージの顔《かお》は、まるで死《し》に神《がみ》の顔《かお》のように青白《あおじろ》く光《ひか》った。

ふたたび悲鳴《ひめい》をあげる女子《じょし》たち。

トリックとわかっていても、やっぱり怖《こわ》いらしい。

その反応《はんのう》に満足《まんぞく》したのか、明《あ》かりがついたとき、コージは満面《まんめん》の笑《え》みだった。

「えっ、そんなに怖《こわ》い？　いやー、そっか、そっか。だったら大成功《だいせいこう》だ！」

コージが怪奇現象《かいきげんしょう》を自作自演《じさくじえん》した動機《どうき》は、役者《やくしゃ》としてのサービス精神《せいしん》だったらしい。

「役者《やくしゃ》にとって、日常《にちじょう》のすべては劇場《げきじょう》であり、舞台《ぶたい》だからね。この十物語《じゅうものがたり》の舞台《ぶたい》で、ぼくはセンセーショナルな恐怖《きょうふ》を演出《えんしゅつ》し、場《ば》を盛《も》りあげようと思《おも》ったのさ」

「なるほどね」

腕組《うでぐ》みしながら、うなずくマリ。

「その役者根性《やくしゃこんじょう》、立派《りっぱ》だってほめてあげたいけど、このトリックを考《かんが》えたのは、コージ、あんたじゃないでしょ？」

「えっ？　いや、それはその……」

「だってあんた、理科《りか》が苦手《にがて》だもん。空気砲《くうきほう》でろうそくの火《ひ》を消《け》すとか、そういうこと思《おも》いつかないでしょ？」

マリに突《つ》っこまれ、コージは、トリックを別《べつ》の人間《にんげん》から教《おし》えられたと、白状《はくじょう》する。

「下駄箱《げたばこ》に手紙《てがみ》が入《はい》ってたんだよ」

コージが取《と》りだした手紙《てがみ》には、パソコンで打《う》たれた文字《もじ》で、怪奇現象《かいきげんしょう》を起《お》こすトリックが書《か》かれていた。

しかし、送《おく》り主《ぬし》の名前《なまえ》は書《か》かれていない。

そのとき、真実《しんじつ》がポツリと言《い》った。

「予言《よげん》を確実《かくじつ》に当《あ》てる方法《ほうほう》がひとつだけある。それは、予言《よげん》した本人《ほんにん》が、その予言《よげん》を実行《じっこう》することさ」

次《つぎ》の日《ひ》の夜《よる》――。

自宅《じたく》の2階《かい》にある健太《けんた》の部屋《へや》には、真実《しんじつ》の姿《すがた》があった。

午前《ごぜん》0時《じ》にしか流《なが》れない未来人《みらいじん》I《アイ》の動画《どうが》を、いつも寝《ね》てしまい、一度《いちど》も見《み》ていない健太《けんた》。

しかし、今夜《こんや》こそは見《み》のがすまいと決意《けつい》し、「一緒《いっしょ》に見《み》よう」と、真実《しんじつ》を誘《さそ》って、泊《と》まりにきてもらったのだ。

「だいじょうぶ。真実《しんじつ》くんがいれば、ぼく、絶《ぜっ》対《たい》に寝《ね》ないから！」

コーヒー牛乳《ぎゅうにゅう》を10杯《ぱい》飲《の》み、まぶたにセロハンテープをはって、健太《けんた》はがんばって、起《お》きていた。

しかし、0時《じ》が近《ちか》づいたころ、うとうとしはじめる。

ザー、ザザッ　ザー、ザザッ
突然《とつぜん》、聞《き》こえてきた砂嵐《すなあらし》の音《おと》に、健太《けんた》はハッと目《め》をさました。

見《み》ると、机《つくえ》の前《まえ》で真実《しんじつ》がパソコンをたちあげ、動画《どうが》サイト「ＩＴｕｂｅ《アイチューブ》」に投稿《とうこう》された動画《どうが》を開《ひら》いている。

「わっ、はじまっちゃう！」

健太《けんた》も、あわてて動画《どうが》を見《み》た。

その直後《ちょくご》、砂嵐《すなあらし》がやみ、画面《がめん》には、ぶきみな仮面《かめん》をつけた人物《じんぶつ》が浮《う》かびあがった。

「ワタシノ名前《なまえ》ハ、未来人《みらいじん》Ｉ《アイ》。ワタシハ予言《よげん》スル。タクシーカラ乗客《じょうきゃく》ガ消《き》エ、車《くるま》ノ座席《ざせき》ガ呪《のろ》イノ血《ち》デ、ドス黒《ぐろ》ク染《そ》マルダロウ」

いつもなら予言《よげん》を告《つ》げたあと、未来人《みらいじん》Ｉ《アイ》が指《ゆび》をパチンと鳴《な》らし、動画《どうが》は終了《しゅうりょう》する。

――だが、今回《こんかい》は違《ちが》った。

「謎《なぞ》野《の》真実《しんじつ》……」

未来人《みらいじん》I《アイ》は、真実《しんじつ》に向《む》かって呼《よ》びかけてきたのである。

「今《いま》マデハ、ホンノ、オ遊《あそ》ビダ。

コノ予言《よげん》デ、キミハ本当《ほんとう》ノ恐怖《きょうふ》ヲ
知《し》ルコトニナルダロウ」

次《つぎ》の瞬間《しゅんかん》、未来人《みらいじん》I《アイ》は指《ゆび》を鳴《な》らし、映像《えいぞう》がとぎれた。

砂嵐《すなあらし》に戻《もど》った画面《がめん》をじっと見《み》つめながら、真実《しんじつ》はかたい表情《ひょうじょう》でつぶやく。

「未来人《みらいじん》I《アイ》は、どうやらぼくに挑戦《ちょうせん》したいらしい」

「どうしてそんなことを……？」

健太《けんた》は少《すこ》し考《かんが》えてから、ハッとしたように言《い》った。

「あっ、もしかして、真実《しんじつ》くんのお父《とう》さんをさらった犯人《はんにん》だからじゃない？」

真実《しんじつ》は、驚《おどろ》きの表情《ひょうじょう》を健太《けんた》に向《む》ける。

「健太《けんた》くん、キミはのんきそうに見《み》えて、ときどき、鋭《するど》いことを言《い》うね」

「え？」

「実《じつ》は可能性《かのうせい》のひとつとして、ぼくも同《おな》じことを考《かんが》えていたんだ」

「ホ、ホントに？」

「いずれにせよ、今《いま》までの現象《げんしょう》が、便乗《びんじょう》した愉快犯《ゆかいはん》ではなく、未来人《みらいじん》Ｉ《アイ》自身《じしん》の手《て》によって引《ひ》き起《お》こされていたことが、これでハッキリした。ただひとつわからないのは……、どうやってぼくたちの動《うご》きを監視《かんし》していたかってことだ」

真実《しんじつ》はそう言《い》うと、何《なに》かを考《かんが》えこむように、だまりこんだ。

3

SCIENCE TRICK DATA FILE

科学《かがく》トリック データファイル

Q.ろうそくはどうして燃《も》えるのかな？

ろうそくの秘密《ひみつ》

ろうそくが燃《も》える秘密《ひみつ》は、「しん」にあります。熱《ねっ》されて溶《と》けた液体《えきたい》のろうは、しんを伝《つた》ってのぼっていきます。そして、しんの先《さき》でさらに熱《ねっ》されて気体《きたい》になり、ろうが酸素《さんそ》と結《むす》びつくことで燃《も》えるのです。もし、しんがなければ、火《ひ》をつけようとしても、ろうが溶《と》けるだけで、燃《も》えることはありません。

【「燃《も》える」とは？】
ものが酸素《さんそ》と結《むす》びつき、熱《ねつ》と光《ひかり》を出《だ》すことを「燃《も》える」といいます。

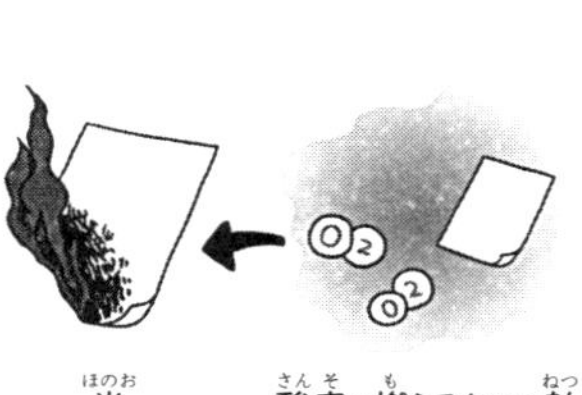
O_2
O_2
酸素《さんそ》+燃《も》えるもの+熱《ねつ》
炎《ほのお》

A.溶《と》けたろうが熱《ねっ》されて、酸素《さんそ》と結《むす》びつくからだよ

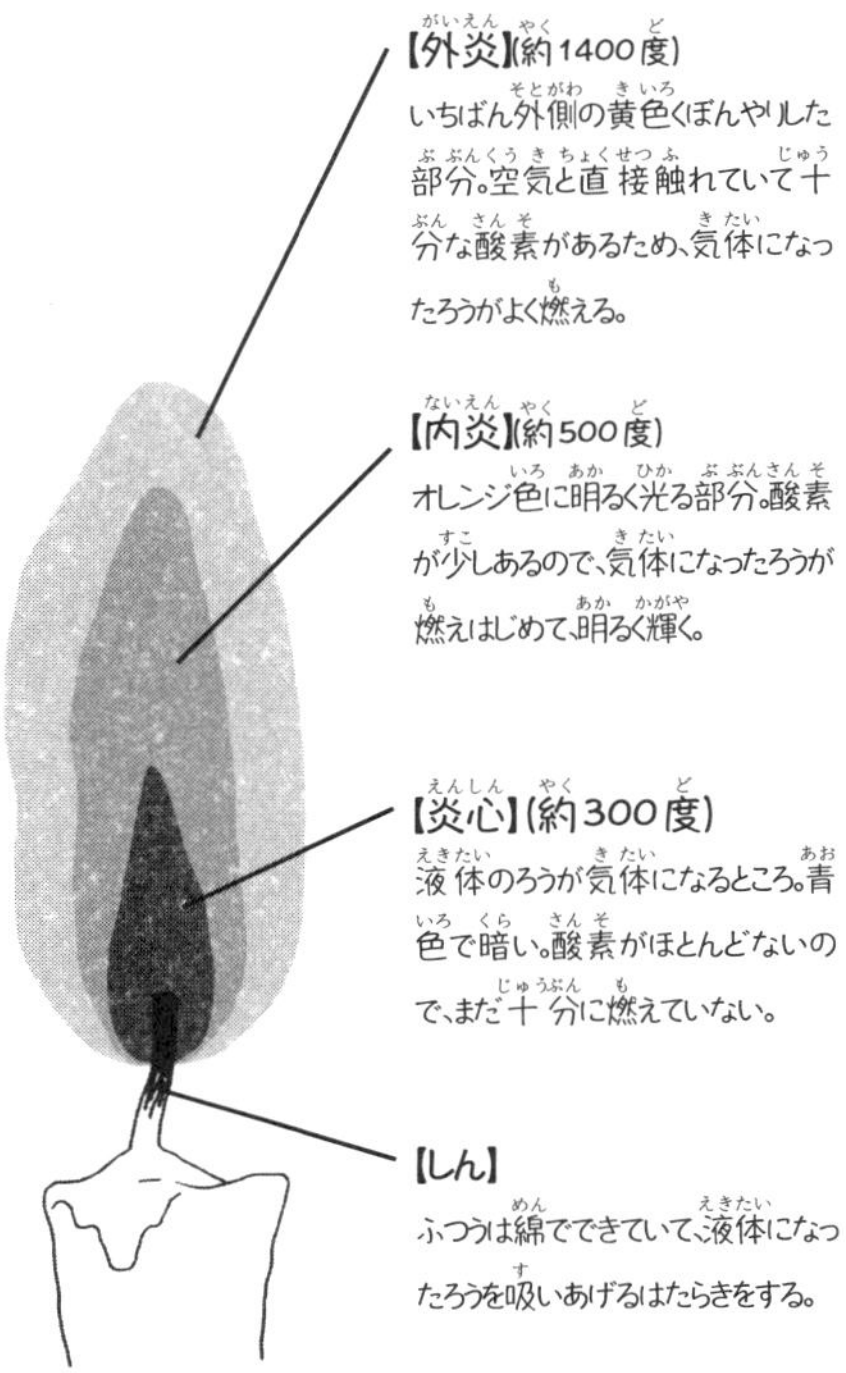
【外炎《がいえん》】(約《やく》1400度《ど》)
いちばん外側《そとがわ》の黄色《きいろ》くぼんやりした部分《ぶぶん》。空気《くうき》と直接触《ちょくせつふ》れていて十分《じゅうぶん》な酸素《さんそ》があるため、気体《きたい》になったろうがよく燃《も》える。
【内炎《ないえん》】(約《やく》500度《ど》)
オレンジ色《いろ》に明《あか》るく光《ひか》る部分《ぶぶん》。酸素《さんそ》が少《すこ》しあるので、気体《きたい》になったろうが燃《も》えはじめて、明《あか》るく輝《かがや》く。
【炎心《えんしん》】(約《やく》300度《ど》)
液体《えきたい》のろうが気体《きたい》になるところ。青《あお》色《いろ》で暗《くら》い。酸素《さんそ》がほとんどないので、まだ十分《じゅうぶん》に燃《も》えていない。
【しん】
ふつうは綿《めん》でできていて、液体《えきたい》になったろうを吸《す》いあげるはたらきをする。

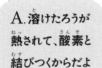

タクシーの幽《ゆう》霊《れい》

魔界《まかい》の都市伝説《としでんせつ》 4

事件編《じけんへん》

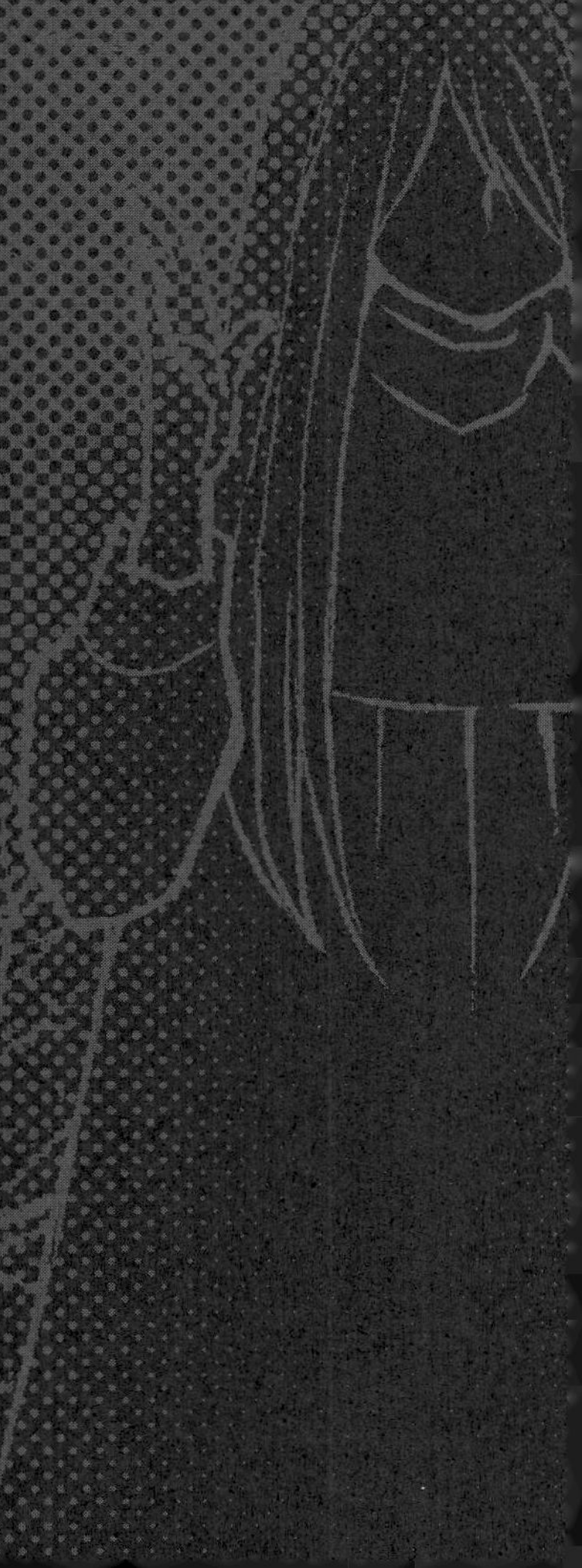

町《まち》はずれのひとけのない夜道《よみち》を、1台《だい》のタクシーが走《はし》っていた。

「う～、なんだか、うす気味悪《きみわる》い夜《よる》だな」

背筋《せすじ》をブルッとふるわせ、運転手《うんてんしゅ》はつぶやいた。

(そういえば家《いえ》を出《で》る前《まえ》、小学生《しょうがくせい》のおいっ子《こ》から、変《へん》な電話《でんわ》があったっけ)


「未来人《みらいじん》I《アイ》が、タクシーの都市伝説《としでんせつ》がよみがえるって予言《よげん》してたから、気《き》をつけて！」


タクシーにまつわる都市伝説《としでんせつ》は全国各地《ぜんこくかくち》にあるが、花森町《はなもりちょう》に伝《つた》わるものはこんな内容《ないよう》だった。

20年前《ねんまえ》のある夜《よる》、病院《びょういん》の前《まえ》で若《わか》い女性《じょせい》がタクシーにはねられて亡《な》くなった。

女性《じょせい》は、長《なが》いあいだ病気《びょうき》で苦《くる》しみながらも必死《ひっし》にお金《かね》をため、その日《ひ》ようやく手術《しゅじゅつ》を受《う》けるために病院《びょういん》を訪《おとず》れた……そんな夜《よる》に起《お》きた悲劇《ひげき》だったという。

それ以来《いらい》、夜《よる》になると白《しろ》いワンピースを着《き》た女《おんな》の霊《れい》がタクシーを呼《よ》びとめ、病院《びょういん》へ行《い》ってほしいと頼《たの》むというのだ。病院《びょういん》に着《つ》いて座席《ざせき》を見《み》ると女《おんな》の姿《すがた》は消《き》え、座《すわ》っていたシートはどす黒《ぐろ》い血《ち》で染《そ》まっている。そして、その女性《じょせい》を乗《の》せた運転手《うんてんしゅ》は原因不明《げんいんふめい》の病気《びょうき》にかかって死《し》んでしまうという。

（う～、あいつのせいで、気味悪《きみわる》い話《はなし》を思《おも》いだしちゃったじゃないか）

気分《きぶん》でも変《か》えようと、ラジオのスイッチに手《て》をのばしたとき、ヘッドライトの光《ひかり》が、夜道《よみち》で手《て》を挙《あ》げて立《た》つ人影《ひとかげ》を照《て》らしだした。

若《わか》い女性《じょせい》のようだった。髪《かみ》が長《なが》く、白《しろ》いワンピースを着《き》ている。

（こんな真冬《まふゆ》に白《しろ》いワンピース1枚《まい》……都市伝説《としでんせつ》と同《おな》じ？）

心臓《しんぞう》がドキリとした。

運転手《うんてんしゅ》はおそるおそるその人《ひと》の横《よこ》で車《くるま》をとめ、運転席《うんてんせき》にあるレバーを引《ひ》いた。

ガチャリと後部座席《こうぶざせき》のドアが開《ひら》く。

その人《ひと》は無言《むごん》のままタクシーに乗《の》りこんできた。

バックミラーに目《め》をやったが、車内《しゃない》は暗《くら》く、相手《あいて》の顔《かお》はよく見《み》えない。

「あの……、どちらまで？」

「……花森病院《はなもりびょういん》まで」

消《き》えいるような、弱々《よわよわ》しい声《こえ》だった。

「花森病院《はなもりびょういん》？　あそこは……」

(5年前《ねんまえ》につぶれて、今《いま》は廃墟《はいきょ》になってるはずだ)

「……お願《ねが》いします」

蚊《か》の鳴《な》くような声《こえ》に続《つづ》き、苦《くる》しそうな息《いき》がとぎれとぎれに聞《き》こえた。

「あ、はい。わかりました」

運転手《うんてんしゅ》はあわてて車《くるま》を発進《はっしん》させた。

このあと、想像《そうぞう》を絶《ぜっ》する恐怖《きょうふ》が待《ま》ちうけていることなど知《し》らずに……。

タクシーの自動《じどう》ドア
運転席《うんてんせき》についたレバーで、後部座席《こうぶざせき》のドアを開閉《かいへい》するしくみ。1964年《ねん》、東京《とうきょう》オリンピックが開催《かいさい》されたときにこぞって導入《どうにゅう》され、全国《ぜんこく》に普及《ふきゅう》した。

——翌日《よくじつ》の花森小学校《はなもりしょうがっこう》。

6年《ねん》2組《くみ》は理科室《りかしつ》で実験《じっけん》の真《ま》っ最中《さいちゅう》だった。

「よ~し、いくよ！　凛《りん》くん！」

「いいよ！　健太《けんた》くん」

飯島凛《いいじまりん》が手《て》にした試験管《しけんかん》に、健太《けんた》がスポイトで「せっけん水《すい》」をたらす。

ポチョン
小《ちい》さな水《みず》の音《おと》とともに、試験管《しけんかん》に入《はい》っていた「紫色《むらさきいろ》」のムラサキキャベツの煮汁《にじる》が、一瞬《いっしゅん》で「青色《あおいろ》」に変《か》わった。

「うわ~、すぐに変《か》わった！　青色《あおいろ》に変《か》わったってことは……せっけん水《すい》はアルカリ性《せい》ってことだよね？」

健太《けんた》が横《よこ》を見《み》ると、すでに実験《じっけん》を終《お》えた真実《しんじつ》は教室《きょうしつ》のようすをながめていた。

ムラサキキャベツの煮汁《にじる》
元《もと》は紫色《むらさきいろ》だが、酸性《さんせい》の液体《えきたい》を混《ま》ぜると赤《あか》っぽく、アルカリ性《せい》の液《えき》体《たい》を混《ま》ぜると青《あお》っぽく変化《へんか》する。これは、ムラサキキャベツに含《ふく》まれるアントシアニンという色素《しきそ》のはたらきによるもの。

「どうしたの？　真実《しんじつ》くん」

「ちょっと考《かんが》えてたんだ。未来人《みらいじん》Ｉ《アイ》のことをね」

真実《しんじつ》の言葉《ことば》に、健太《けんた》と凛《りん》は顔《かお》を見合《みあ》わせた。

真実《しんじつ》の視線《しせん》の先《さき》では、マリたち演劇《えんげき》トリオやお寺《てら》の息子《むすこ》のマサオなど、6年《ねん》2組《くみ》の生徒《せいと》たちが実験《じっけん》を進《すす》めている。

試験管《しけんかん》を手《て》に、それぞれの班《はん》を見《み》てまわっているのは大前先生《おおまえせんせい》だ。

「どうだ〜？　手品《てじな》みたいでおもしろいだろう。色《いろ》が変《か》わる化学反応《かがくはんのう》はほかにもいろいろあって……」

理科《りか》オタクの大前先生《おおまえせんせい》がうれしそうに語《かた》りはじめたそのとき。

ガラリと理科室《りかしつ》の扉《とびら》が開《ひら》いた。

「たいへんもうしわけありません。

ワタシ、不本意《ふほんい》ながら、
人生初《じんせいはつ》の遅刻《ちこく》をしてしまいました！」

化学反応《かがくはんのう》
物質《ぶっしつ》が、別《べつ》の物質《ぶっしつ》に変《か》わる現象《げんしょう》を化学反応《かがくはんのう》（化学変化《かがくへんか》）という。水《みず》が水蒸気《すいじょうき》に変《か》わるのは、元《もと》の物質《ぶっしつ》から変《か》わるわけではないので、化学反応《かがくはんのう》とはいわない。

扉《とびら》の向《む》こうに立《た》っていたのは、真《ま》っ青《さお》な顔《かお》をしたマジメスギだった。

授業《じゅぎょう》の終《お》わりのチャイムが鳴《な》っても、マジメスギは、ボーッと理科室《りかしつ》の椅子《いす》に座《すわ》ったままだった。

「杉田《すぎた》くん、何《なに》かあったの？　顔色《かおいろ》が悪《わる》いよ」

健太《けんた》が心配《しんぱい》して声《こえ》をかけると、マジメスギはビクッとして顔《かお》をあげた。

理科室《りかしつ》には、真実《しんじつ》、健太《けんた》、凛《りん》のほかには誰《だれ》もいない。

マジメスギは真実《しんじつ》に目《め》をとめると、わなわなとくちびるをふるわせた。

「謎野《なぞの》くん。キミはクラスの活動《かつどう》にも参加《さんか》せず、ことあるごとに団体行動《だんたいこうどう》の輪《わ》を乱《みだ》し、学級委員長《がっきゅういいんちょう》のワタシにとって、やっかいこのうえない存在《そんざい》です。……しかし、くやしいが、推理力《すいりりょく》だけはこのワタシとほぼ同《おな》じレベル……、いや、ほんの少《すこ》しだけワタシより上《うえ》かもしれません」

そこまでひと息《いき》にしゃべると、マジメスギは突然《とつぜん》、深々《ふかぶか》と頭《あたま》を下《さ》げた。

「そんなキミを見込《みこ》んで、お願《ねが》いがあります！　ワタシのおじさんを助《たす》けてほしいんです！」

健太《けんた》は目《め》をパチクリさせた。

理科室《りかしつ》の椅子《いす》の秘密《ひみつ》

理科室《りかしつ》の椅子《いす》には、ふつうの教室《きょうしつ》の椅子《いす》のような背《せ》もたれがない。これは、いざ何《なに》かが起《お》こったときに動《うご》きやすいからだ。危険《きけん》な実験《じっけん》をすることもある理科《りか》室《しつ》ならではの工夫《くふう》だ。

「杉田《すぎた》くんのおじさん？」

「はい。ワタシのおじさんは、タクシーの運転手《うんてんしゅ》をしていて……ゆうべ、女《おんな》の幽霊《ゆうれい》に出会《であ》ったというんです」

それを聞《き》いた凛《りん》は、ピンと人差《ひとさ》し指《ゆび》を立《た》てた。

「タクシー!?　それってもしかして、未来人《みらいじん》Ｉ《アイ》が予言《よげん》した？」

「ええ、きっとそうです」

「杉田《すぎた》くん。その話《はなし》、聞《き》かせてくれないかな？」

真実《しんじつ》がそう言《い》うと、マジメスギは真実《しんじつ》のほうに体《からだ》を向《む》けた。

そして、勇気《ゆうき》をふりしぼるようにして、ゆっくりと語《かた》りはじめた。

「……昨日《きのう》の夜中《よなか》、おじさんが転《ころ》がりこむようにワタシの家《いえ》に来《き》て、ふるえながら話《はな》しはじめたんです。タクシーに白《しろ》いワンピースの女性《じょせい》を乗《の》せたと。それから恐《おそ》ろしいことが起《お》きたんだと……」

健太《けんた》はゴクリとつばをのみこみ、マジメスギの話《はなし》に聞《き》きいった。

マジメスギのおじ・杉田聖《すぎたひじり》が運転《うんてん》するタクシーは、白《しろ》いワンピースを着《き》た客《きゃく》を乗《の》せて、夜《よ》道《みち》を走《はし》っていた。

おそるおそるバックミラーをのぞくと、うす暗《ぐら》い後部座席《こうぶざせき》で、その客《きゃく》は髪《かみ》を乱《みだ》し、苦《くる》しそうに息《いき》をしていた。

やがて、ヘッドライトの先《さき》に花森病院《はなもりびょういん》のシルエットが浮《う》かびあがった。

廃墟《はいきょ》と化《か》した巨大《きょだい》な病院《びょういん》。

まわりには明《あ》かりひとつなく、ぶきみな雰囲気《ふんいき》がただよっている。

(こんな場所《ばしょ》にいったいなんの用事《ようじ》があるんだ?)

杉田《すぎた》はとまどいながらも、閉《と》ざされた病院《びょういん》の門《もん》の前《まえ》に車《くるま》をとめた。

「お客《きゃく》さん、花森病院《はなもりびょういん》に着《つ》きまし……」

そう言《い》いかけてギョッとした。

病院《びょういん》の門《もん》に、血《ち》のように真《ま》っ赤《か》な文字《もじ》が大《おお》きく書《か》きなぐられていたのである。

わたしをひいたのはおまえだな

その文字《もじ》は、苦痛《くつう》にあえぐように、ぶきみにひしゃげていた。
ゾクリと寒気《さむけ》が全身《ぜんしん》を駆《か》けぬける。
そのとき。
チャポン……液体《えきたい》がゆれる音《おと》がかすかに車内《しゃない》に響《ひび》いた。
杉田《すぎた》はハッと我《われ》に返《かえ》り、バックミラーをのぞいた。
そして目《め》を疑《うたが》った。
後部座席《こうぶざせき》に座《すわ》っていたはずの客《きゃく》が、いなくなってしまったのである。

「……女性《じょせい》が消《き》えた!?」

ドクン!と心臓《しんぞう》が大《おお》きく鼓動《こどう》した。
(そんなバカな。ドアはずっと閉《し》まっていたはずなのに)
とっさに運転席《うんてんせき》にあるレバーを引《ひ》いた。
ガチャリと音《おと》がして、後部座席《こうぶざせき》のドアが開《ひら》く。
(やっぱりドアは閉《し》まっていた。だったらどうして!?)

だが、何《なに》かがおかしい。
さっきまで客《きゃく》が座《すわ》っていたシートが変色《へんしょく》している。どうやら濡《ぬ》れているようだ。
「……水《みず》？」
そうつぶやいた瞬間《しゅんかん》――。
濡《ぬ》れていたシートが、一瞬《いっしゅん》のうちに血《ち》の色《いろ》に変色《へんしょく》したのである。
その色《いろ》はどす黒《ぐろ》く、まるで、死者《ししゃ》の怨念《おんねん》が車《くるま》を包《つつ》みこむかのようだった。

「うわーっ！」

夜《よる》の闇《やみ》に、杉田《すぎた》の叫《さけ》び声《ごえ》がこだました。

マジメスギの話《はなし》を一同《いちどう》は息《いき》を詰《つ》めて聞《き》いていた。

「おじさん、具合《ぐあい》が悪《わる》くなってしまって……。だから心配《しんぱい》なんです」

健太《けんた》はゴクリとつばをのみこむ。

（都市伝説《としでんせつ》のとおりだ！　女《おんな》の幽霊《ゆうれい》に出会《であ》うと、原因不明《げんいんふめい》の病気《びょうき》にかかって死《し》んじゃうって）

一同《いちどう》は重《おも》く、冷《つめ》たい空気《くうき》に包《つつ》まれた。そのとき――。

「話《はなし》は聞《き》かせてもらったわ！」

突然《とつぜん》の声《こえ》に振《ふ》り向《む》くと、健太《けんた》たちのすぐうしろに美希《みき》が立《た》っていた。

「わ～！　美希《みき》ちゃん。どうしてここに？」

凛《りん》がたずねると、美希《みき》はフフンと笑《わら》ってみせた。

「どうしてもなにも、みんなも見《み》たでしょ？　このあいだの未来人《みらいじん》I《アイ》からのメッセージ」

謎野真実《なぞのしんじつ》……コノ予言《よげん》デ、キミハ本当《ほんとう》ノ恐怖《きょうふ》ヲ知《し》ルコトニナルダロウ
「あれは真実《しんじつ》くんへの挑戦《ちょうせん》よ！　だとすれば、スクープをゲットする方法《ほうほう》はただひとつ。謎《なぞ》野真実《のしんじつ》から目《め》を離《はな》すべからず！　事件《じけん》は向《む》こうからやってくる！　やっぱりわたしのカンは当《あ》たってたみたいね」

そこまで言《い》うと、美希《みき》は真実《しんじつ》に駆《か》け寄《よ》った。

「真実《しんじつ》くんなら、もちろんこのナゾ解《と》けるわよね？」

真実《しんじつ》は、マジメスギを見《み》て言《い》った。

「事件《じけん》の真相《しんそう》は科学《かがく》が教《おし》えてくれる。ナゾが解《と》ければ、おじさんも元《もと》に戻《もど》るはずだよ」

マジメスギは、感激《かんげき》して涙《なみだ》があふれそうになった顔《かお》を、あわててキリリとひきしめた。

「これは、いつもクラスの輪《わ》を乱《みだ》すキミの、名誉挽回《めいよばんかい》のチャンスです。頼《たの》みましたよ！」


その日《ひ》の放課後《ほうかご》。

マジメスギのおじ・杉田聖《すぎたひじり》が運転《うんてん》するタクシーが花森病院《はなもりびょういん》の前《まえ》でとまった。

待《ま》っていたのは、真実《しんじつ》と健太《けんた》、美希《みき》、凛《りん》、マジメスギの５人《にん》。

杉田《すぎた》は、青《あお》ざめた顔《かお》でタクシーから降《お》りると、後部座席《こうぶざせき》のドアを開《ひら》いてみせた。

「どうしていいかわからなくて……ゆうべのままなんだ」

健太《けんた》がおそるおそるのぞきこむと、シートにはどす黒《ぐろ》い「血《ち》」の痕《あと》が残《のこ》されていた。

「うわ〜、真《ま》っ黒《くろ》！」

「最初《さいしょ》は水《みず》だと思《おも》ったんだ。それが突然《とつぜん》、こんな色《いろ》に変《か》わって……」

美希《みき》はシートにカメラを向《む》けて、パシャパシャとシャッターを切《き》った。

「これ、本当《ほんとう》に血《ち》なのかしら？　墨《すみ》みたいにも見《み》えるけど」

美希《みき》の言葉《ことば》に、凜《りん》は人差《ひとさ》し指《ゆび》で巻《ま》き毛《げ》をクルクルいじりながら首《くび》をかしげた。

「でも、いきなり墨《すみ》に変《か》わる水《みず》なんて、聞《き》いたことないよ〜」

真実《しんじつ》はすでにシートから目《め》を移《うつ》し、

あたりのようすを観察《かんさつ》していた。

「この事件《じけん》にはナゾが多《おお》い。順番《じゅんばん》にひとつずつ見直《みなお》していこう。そうすればきっと答《こた》えにたどりつけるはずだ」

真実《しんじつ》は病院《びょういん》の門《もん》の前《まえ》へ移動《いどう》した。

鉄製《てつせい》の門《もん》は閉《と》ざされ、「立入禁止《たちいりきんし》」と書《か》かれた板《いた》が針金《はりがね》で固定《こてい》されている。

「ゆうべ、タクシーの中《なか》から、この門《もん》に書《か》かれた文字《もじ》を見《み》たんですよね？」

真実《しんじつ》が聞《き》くと、杉田《すぎた》はうなずいた。

「ああ。赤《あか》い色《いろ》で、書《か》きなぐったような、ぶきみな文字《もじ》があったんだ」

しかし、門《もん》を見《み》ても、赤《あか》い文字《もじ》など見《み》あたらない。

おびえたように健太《けんた》がつぶやく。

「やっぱり幽霊《ゆうれい》のしわざなんじゃ……。だから文字《もじ》が消《き》えちゃったんだ

病院《びょういん》と診療所《しんりょうじょ》の違《ちが》いって？

法律《ほうりつ》では、入院用《にゅういんよう》のベッドが20以上《いじょう》あるものを「病院《びょういん》」、19以下《いか》のものは「診療所《しんりょうじょ》」としている。どれだけ建物《たてもの》が大《おお》きくても、入院用《にゅういんよう》ベッドが19以下《いか》なら、病院《びょういん》とは呼《よ》べない。

よ！」

「いや。どうやら消《き》えたわけじゃなさそうだ」

真実《しんじつ》が門《もん》の下《した》を指《ゆび》さすと、地面《じめん》には、赤《あか》いペンキの跡《あと》が点々《てんてん》とついている。

凛《りん》はハッと気《き》づいて、キラキラと目《め》を輝《かがや》かせた。

「ペンキ!? そうか、真実《しんじつ》くん。看板《かんばん》をはずしてみようよ！」

凛《りん》がすばやく針金《はりがね》をほどき、「立入禁止《たちいりきんし》」と書《か》かれた板《いた》をはずすと……。

「出《で》たあ！」

健太《けんた》は驚《おどろ》きの声《こえ》をあげた。

わたしをひいたのはおまえだな

鉄《てつ》の門《もん》に、真《ま》っ赤《か》なペンキで書《か》かれた文字《もじ》が現《あらわ》れたのである。

「これだ……。わたしが見《み》たのはこの文字《もじ》だよ」

声《こえ》をふるわせ、あとずさりする杉田《すぎた》に、真実《しんじつ》が声《こえ》をかけた。

「安心《あんしん》してください。これは幽霊《ゆうれい》のしわざなんかじゃない。あるねらいがあって、誰《だれ》かがペンキで書《か》いたものです」

その言葉《ことば》にマジメスギが眉《まゆ》をひそめる。

「あるねらい？　それはいったいどういうことですか？」

「ゆうべ、この文字《もじ》を見《み》ているあいだに、それまで後部座席《こうぶざせき》にいた客《きゃく》がいなくなった――そうですよね？」

「そうなんだ。気《き》がついたら消《き》えていたんだ」

杉田《すぎた》の答《こた》えに真実《しんじつ》はうなずいた。

「なるほど。じゃあ、今《いま》からぼくもためしてみよう」

「まさか、タクシーから消《き》えるってこと!?　そんなの幽霊《ゆうれい》でもないのにできっこないよ！」

驚《おどろ》く健太《けんた》をよそに、真実《しんじつ》はすずしげな顔《かお》で答《こた》えた。

「いいや、できるさ。犯人《はんにん》のねらいどおりにいけばね」

真実《しんじつ》はタクシーの後部座席《こうぶざせき》に座《すわ》った。

タクシーの運転席《うんてんせき》には杉田《すぎた》、助手席《じょしゅせき》にはマジメスギが座《すわ》っている。

「では、はじめましょう。ゆうべ、この場所《ばしょ》に車《くるま》をとめたときと同《おな》じように、行動《こうどう》してもらえますか？」

「ああ。わかった」

杉田《すぎた》はバックミラーに映《うつ》る真実《しんじつ》の姿《すがた》を確認《かくにん》すると、窓《まど》の外《そと》へ目《め》を移《うつ》した。

赤《あか》い文字《もじ》が書《か》かれた門《もん》の横《よこ》では、健太《けんた》、美希《みき》、凛《りん》の３人《にん》がなりゆきを見守《みまも》っている。

「こうして10秒《びょう》くらいのあいだ、あの文字《もじ》を見《み》ていたんだ。そうしたら……」

一緒《いっしょ》に窓《まど》の外《そと》を見《み》ていたマジメスギがハッとしてつけ足《た》す。

「車《くるま》の中《なか》で、液体《えきたい》がゆれる音《おと》が聞《き》こえたんですよね？」

「ああ。その音《おと》で我《われ》に返《かえ》って、バックミラーを見《み》たんだ」

杉田《すぎた》とマジメスギは目《め》を合《あ》わせた。そして同時《どうじ》にバックミラーに目《め》をやった。

すると――。

後部座席《こうぶざせき》にいたはずの真実《しんじつ》の姿《すがた》が消《き》えていたのである。

「ひいいいっ！　謎野《なぞの》くんがいません！」

マジメスギはあわててうしろのシートを振《ふ》り返《かえ》ったが、やはり真実《しんじつ》の姿《すがた》はない。

「ゆうべと同《おな》じだ……。ドアは閉《し》まっていたはずなのに！」

杉田《すぎた》は運転席《うんてんせき》にあるレバーを引《ひ》いた。

ガチャリとうしろのドアが開《ひら》く。

杉田《すぎた》はあわてて車《くるま》を降《お》りて、後部座席《こうぶざせき》に駆《か》け寄《よ》った。

車内《しゃない》をのぞいたが、真実《しんじつ》の姿《すがた》はどこにもない。

「そんなバカな」

「こ、これはいったいどういうわけなんです⁉」

異変《いへん》に気《き》づいた健太《けんた》たちもタクシーに駆《か》け寄《よ》ってきた。

「真実《しんじつ》くんが……、ホントに消《き》えちゃった⁉」

健太《けんた》が大《おお》きな声《こえ》をあげたそのとき――。

「**ぼくはここだよ**」

その声《こえ》に振《ふ》り向《む》くと、真実《しんじつ》がタクシーのうしろからヒョイと姿《すがた》を現《あらわ》した。

「ええっ、いつのまにそんなところに!?」

マジメスギは目《め》を丸《まる》くした。

真実《しんじつ》は、マントについたほこりをはらいながら平然《へいぜん》と答《こた》える。

「シンプルなトリックさ。まず、ふたりが窓《まど》の外《そと》の文字《もじ》を見《み》ているすきに、後部座席《こうぶざせき》の足元《あしもと》にしゃがんで隠《かく》れる」

「ええっ!?　じゃあ、ワタシたちがバックミラーを見《み》て驚《おどろ》いたときは、まだ車《くるま》の中《なか》にいたんですね？　しかしドアは閉《し》まっていたハズです。いったいどうやって外《そと》に出《で》たんですか？」

「ドアは開《あ》けてもらったよ。キミのおじさんにね」

真実《しんじつ》の言葉《ことば》に、杉田《すぎた》はハッと息《いき》をのんだ。

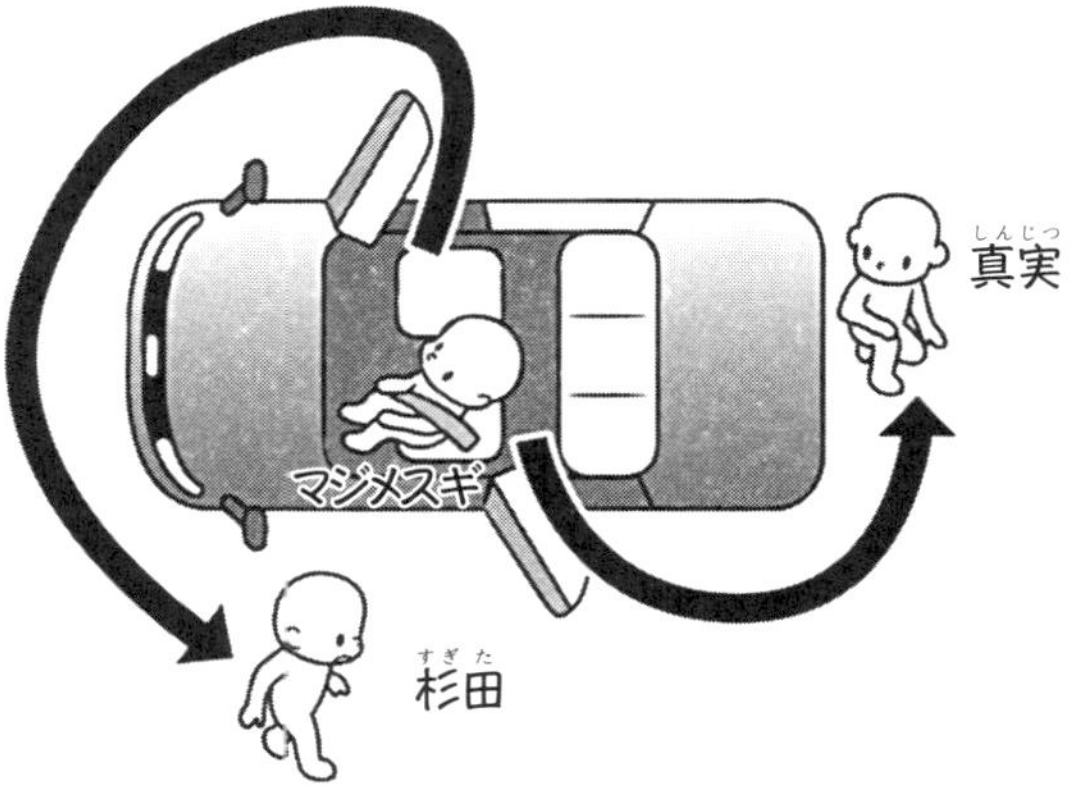

「わたしが確認《かくにん》のために、うしろのドアを開《あ》けた……あのときに？」

「ええ。開《ひら》いたドアのすきまから車《くるま》を降《お》りて、うしろに回《まわ》りこんだんです」

真実《しんじつ》のタネ明《あ》かしに、健太《けんた》は驚《おどろ》くよりもあきれてしまった。

「タクシーから消《き》えるって、そんなに簡単《かんたん》なことだったの!?」

「信《しん》じられないような事件《じけん》ほど、トリックは簡単《かんたん》なものさ。簡単《かんたん》すぎて、まさか、そんなトリックがあるなんて思《おも》いもしない……。ぼくも、これを見《み》るまではそうだった」

真実《しんじつ》は、門《もん》に書《か》かれた真《ま》っ赤《か》なペンキの文字《もじ》を指《ゆび》さした。

「犯人《はんにん》は何《なん》のためにこの文字《もじ》を書《か》いたのか？　どうして運転手《うんてんしゅ》の目《め》を、車《くるま》の外《そと》に向《む》けさせる必要《ひつよう》があったのか？」

真実《しんじつ》の問《と》いかけに、凛《りん》がポンと手《て》を打《う》つ。

「そうか！　車内《しゃない》から注意《ちゅうい》をそらして、そのすきにタクシーの座席《ざせき》の足元《あしもと》に隠《かく》れる。それが犯人《はんにん》のねらいだったんだね？」

「そのとおりだ」

真実《しんじつ》がコクリとうなずく。

「それじゃあ、残《のこ》るはいよいよ最後《さいご》のナゾね！」

そう言《い》うと、美希《みき》はどす黒《ぐろ》い「血《ち》」の痕《あと》におおわれたシートを指《ゆび》さした。

「濡《ぬ》れたシートは、どうして突然《とつぜん》、真《ま》っ黒《くろ》な血《ち》の色《いろ》に変《か》わったの？」

みんなの視線《しせん》が真実《しんじつ》に集《あつ》まる。

真実《しんじつ》は、サラリと髪《かみ》をかきあげた。

「それならたった今《いま》、ナゾを解《と》く鍵《かぎ》を手《て》に入《い》れたよ」

そう言《い》ってポケットから取《と》りだしたのは――ふたつの黒《くろ》いゴムのかたまりだった。

「これがナゾを解《と》く鍵《かぎ》？」

健太《けんた》が首《くび》をかしげる。

「さっき、座席《ざせき》の足元《あしもと》に隠《かく》れたとき、床《ゆか》に落《お》ちているのを見《み》つけたんだ。杉田《すぎた》さん、このゴム栓《せん》に見覚《みおぼ》えはありますか？」

杉田《すぎた》はゴム栓《せん》を受《う》けとり、しげしげと見《み》つめた。

「いや、見《み》たことないな」

「だとすれば、ゆうべ犯人《はんにん》が落《お》とした可能性《かのうせい》が高《たか》い」

「何《なに》かしら？　理科《りか》の実験《じっけん》のときに使《つか》う道具《どうぐ》にも似《に》てるけど」

美希《みき》は、ゴム栓《せん》に向《む》けて、すばやくシャッターを切《き》る。

「実験《じっけん》の道具《どうぐ》？　そんなの、犯人《はんにん》は何《なに》に使《つか》ったっていうの？」

健太《けんた》は腕《うで》を組《く》んで考《かんが》えてみたが、さっぱりわからない。

「いいかい？　杉田《すぎた》さんが車内《しゃない》で聞《き》いたという『液体《えきたい》がゆれる音《おと》』。そして、車内《しゃない》から見《み》つかった『ふたつのゴム栓《せん》』。これらのヒントを合《あ》わせれば、なぜ濡《ぬ》れたシートが、突然《とつぜん》真《ま》っ黒《くろ》な血《ち》の色《いろ》に変《か》わったのか、そのナゾが解《と》けるはずだよ」

そう言《い》うと、真実《しんじつ》は不敵《ふてき》にほほえんだ。

ゴム栓《せん》がふたつあるということは、容器《ようき》もふたつあったということだ

解《かい》決《けつ》編《へん》

「わかった！　学級委員長《がっきゅういいんちょう》のワタシにはナゾが解《と》けましたよ！」

マジメスギがドヤ顔《がお》で叫《さけ》んだ。

「あのゴム栓《せん》は理科《りか》の実験《じっけん》で使《つか》う試験管《しけんかん》のフタです。それがふたつ落《お》ちていた……ということは、車内《しゃない》で液体《えきたい》がゆれる音《おと》が聞《き》こえたとき、犯人《はんにん》は2本《ほん》の試験管《しけんかん》のフタをはずし、中《なか》の液体《えきたい》をシートにまいた――つまり、シートの色《いろ》の変化《へんか》は、ふたつの液体《えきたい》が混《ま》ざって起《お》きた『化学反応《かがくはんのう》』だったということです！　どうです、ワタシの名推理《めいすいり》！」

ふんぞり返《かえ》ったマジメスギの鼻《はな》の穴《あな》は、いつもの2倍以上《ばいいじょう》にふくらんでいた。

しかし、健太《けんた》はどうも納得《なっとく》がいかない。

「う〜ん。でも、なんだかおかしいよ」

「おかしい？　ワタシのパーフェクトな推理《すいり》のどこがおかしいというんです!?」

健太《けんた》は、理科室《りかしつ》での実験《じっけん》を思《おも》いだしていた。

ムラサキキャベツの煮汁《にじる》にせっけん水《すい》をたらすと、液体《えきたい》の色《いろ》は一瞬《いっしゅん》で紫色《むらさきいろ》から青色《あおいろ》に変《か》わった。

「化学反応《かがくはんのう》なら、色《いろ》の変化《へんか》は一瞬《いっしゅん》で起《お》きるでしょ？　でも、今回《こんかい》はそうじゃないよね。杉田《すぎた》さんが液体《えきたい》の音《おと》を聞《き》いてから、バックミラーを見《み》たり、ドアを開《あ》けたり、車《くるま》の外《そと》に出《で》たりと、かなり時間《じかん》がたってから色《いろ》が変化《へんか》してるんだ。そんな化学反応《かがくはんのう》ってあるのかな？」

「うっ、それは……。むむむ」

マジメスギの鼻《はな》の穴《あな》は、シュンと元《もと》のサイズにしぼんだ。

そのとき、真実《しんじつ》の声《こえ》が響《ひび》いた。

「実《じつ》はあるんだ。すぐに色《いろ》の変化《へんか》が起《お》きない不思議《ふしぎ》な化学反応《かがくはんのう》がね」

「ええっ⁉」

「本当《ほんとう》ですか⁉」

驚《おどろ》く健太《けんた》とマジメスギ。その横《よこ》で、凛《りん》がハッと気《き》づいたように顔《かお》をあげた。

「もしかして、『時計反応《とけいはんのう》』？」

「ああ、そのとおりだ。今《いま》から実際《じっさい》にやってみよう。材料《ざいりょう》もすべて近《ちか》くのお店《みせ》で用意《ようい》できるはずだ」

杉田《すぎた》のタクシーに乗《の》せてもらい、真実《しんじつ》が買《か》ってきたものは六《むっ》つ。

病院《びょういん》の前《まえ》に戻《もど》ると真実《しんじつ》は、それらをタクシーのボンネットの上《うえ》に並《なら》べ、左《ひだり》のような言葉《ことば》を書《か》いた紙《かみ》を貼《は》った。

◉プラスチックのコップ
◉うがい薬《ぐすり》（ヨウ素《そ》が入《はい》っているもの）☞友達《ともだち》
◉かたくり粉《こ》☞友達《ともだち》
◉ビタミンC《シー》入《い》りの飲料《いんりょう》☞じゃま者《もの》
◉消毒液《しょうどくえき》（オキシドール〈過酸化水素水《かさんかすいそすい》〉）☞警備員《けいびいん》
◉水《みず》

「友達《ともだち》、じゃま者《もの》、警備員《けいびいん》……これってなんなの？」

健太《けんた》が首《くび》をかしげる。

「この材料《ざいりょう》から、犯人《はんにん》が持《も》っていたふたつの液体《えきたい》をつくるのさ」

真実《しんじつ》はそう言《い》って、ふたつのコップを取《と》りだした。

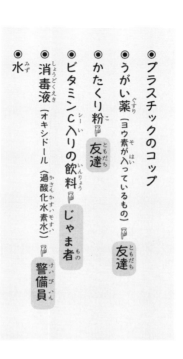

「まずはひとつめ……うがい薬《ぐすり》とかたくり粉《こ》は『友達《ともだち》』どうし。ふたつが合《あ》わさると色《いろ》の変《へん》化《か》が起《お》きる。この『友達《ともだち》』どうしがくっつくのを妨害《ぼうがい》する『じゃま者《もの》』がビタミンC《シー》だ」

そう言《い》いながら真実《しんじつ》は、片方《かたほう》のコップに、まずうがい薬《ぐすり》を入《い》れ、次《つぎ》にビタミンC《シー》入《い》りの飲《いん》料《りょう》をそそいだ。

すると、うがい薬《ぐすり》の茶色《ちゃいろ》が消《き》え、透明《とうめい》な液体《えきたい》に変化《へんか》した。

「ほらね。『じゃま者《もの》』のビタミンC《シー》がうがい薬《ぐすり》の姿《すがた》を変《か》えた。これで『友達《ともだち》』のかたくり粉《こ》を加《くわ》えても色《いろ》の変化《へんか》は起《お》きない」

真実《しんじつ》は、水《みず》で溶《と》いたかたくり粉《こ》をコップに加《くわ》えたが、液体《えきたい》の色《いろ》は変《か》わらず透明《とうめい》のままだ。

「これでひとつめの液体《えきたい》は完成《かんせい》だ。そしてふたつめの液体《えきたい》は……」

もう片方《かたほう》のコップに消毒液《しょうどくえき》をそそぐ。

「消毒液《しょうどくえき》はいうならば『警備員《けいびいん》』だ。『じゃま者《もの》』のビタミンC《シー》をじわじわと追《お》いつめ、そのききめをうばう」

ボンネットの上《うえ》に、透明《とうめい》な液体《えきたい》が入《はい》ったふたつのコップが並《なら》んだ。

「犯人《はんにん》は、このふたつの液体《えきたい》をタクシーのシートにまいたってこと？」

美希《みき》の質問《しつもん》に真実《しんじつ》がうなずく。

「おそらくね。このふたつを混《ま》ぜるとどうなるか。実験《じっけん》をはじめよう」

そう言《い》うと真実《しんじつ》は、新《あたら》しい空《から》のコップに、ふたつの液体《えきたい》を同時《どうじ》にそそいだ。

チャポチャポ……液体《えきたい》の音《おと》が響《ひび》く。

みんなは、まばたきもせず息《いき》をのんでコップを見《み》つめた。

しかし、10秒《びょう》……20秒《びょう》……30秒《びょう》たっても液体《えきたい》は透《とう》明《めい》のまま、変化《へんか》は起《お》きない。

「何《なに》も起《お》きないけど……。失敗《しっぱい》したんじゃない？」

不安《ふあん》そうに健太《けんた》がつぶやく。

「いや。目《め》には見《み》えないけど、今《いま》この中《なか》では、『警備員《けいびいん》』の消毒液《しょうどくえき》が、『じゃま者《もの》』のビタミンC《シー》の力《ちから》を少《すこ》しずつうばっているんだ。そして、じゃま者《もの》の力《ちから》がなくなると……」

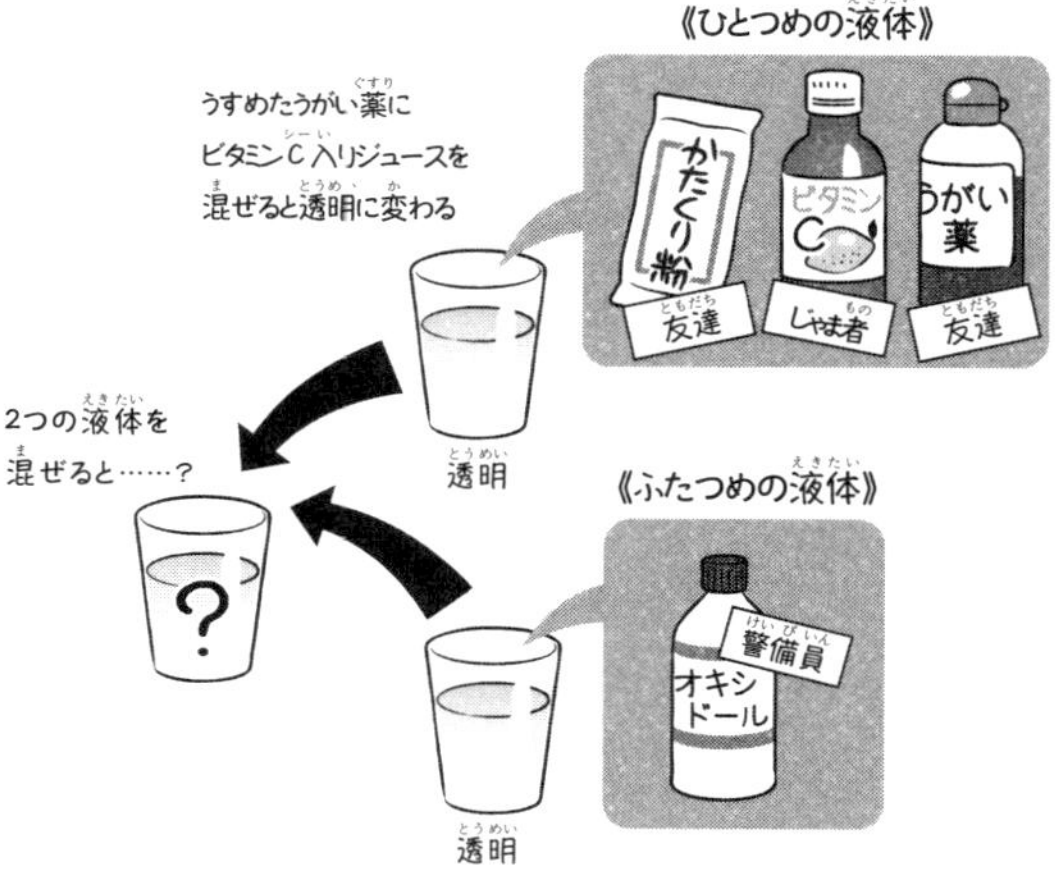

その瞬間《しゅんかん》——突然《とつぜん》、液体《えきたい》の色《いろ》が変化《へんか》した。

「わあっ、いきなり変《か》わった！」

健太《けんた》は驚《おどろ》いて声《こえ》をあげた。

その色《いろ》は、シートに残《のこ》された「血《ち》」の色《いろ》と同《おな》じ、墨《すみ》のような「黒《くろ》」だった。

「『じゃま者《もの》』の力《ちから》がなくなって、ようやく『友達《ともだち》』どうしのうがい薬《ぐすり》とかたくり粉《こ》が結《むす》びついた。だから色《いろ》が変化《へんか》したんだ」

「そうかあ～。だから色《いろ》が変化《へんか》するまでに時間《じかん》がかかったんだね！」

健太《けんた》はウンウンと大《おお》きくうなずいた。

「犯人《はんにん》……いや、未来人《みらいじん》Ｉ《アイ》は、この『時《と》計反応《けいはんのう》』を利用《りよう》して、幽霊《ゆうれい》のしわざのように見《み》せたのさ」

すべてのナゾの真相《しんそう》を聞《き》いた杉田《すぎた》は、真実《しんじつ》の手《て》を強《つよ》く握《にぎ》った。

ヨウ素《そ》デンプン反応《はんのう》

ヨウ素《そ》とデンプンがくっつくと青紫色《あおむらさきいろ》に色《いろ》が変《か》わる

①ビタミンＣの力《シーちから》でヨウ素《そ》が透明《とうめい》になっている。そこに消毒液《しょうどくえき》が入《はい》ると……。

②消毒液《しょうどくえき》によってビタミンＣ《シー》の力《ちから》が奪《うば》われ、ヨウ素《そ》とデンプンが出《で》会《あ》って色《いろ》が変《か》わる。

「ありがとう謎野《なぞの》くん。これでまた、安心《あんしん》して仕事《しごと》ができるよ」

「聖《ひじり》おじさん、だから言《い》ったんです。幽霊《ゆうれい》のしわざなんかじゃないって。そんなふうに怖《こわ》がりだから、『ビビリスギ』なんてあだ名《な》をつけられるんですよ！」

マジメスギの言葉《ことば》に、思《おも》わず美希《みき》はふきだした。

「杉田家《すぎたけ》の人《ひと》たちは、み～んなすてきなあだ名《な》を持《も》っているのね！」

「え、みんなって……どういうことです？」

マジメスギがキョトンとすると、一同《いちどう》から笑《わら》い声《ごえ》があがった。

一緒《いっしょ》に笑《わら》っていた健太《けんた》はふと思《おも》った。

（タクシーに乗《の》ってきた人《ひと》が未来人《みらいじん》I《アイ》だとしたら……未来人《みらいじん》I《アイ》の正体《しょうたい》は「女性《じょせい》」ってこと!?）

健太《けんた》が見《み》ると、真実《しんじつ》は口元《くちもと》に手《て》をあて、何《なに》かを考《かんが》えていた。

●

午前《ごぜん》0時《じ》——。

ザー、ザザッ　ザー、ザザッ

13秒後《びょうご》、砂嵐《すなあらし》がやむと、白《しろ》と黒《くろ》の仮面《かめん》をつけたぶきみな人物《じんぶつ》が映《うつ》しだされた。

「ワタシノ名前《なまえ》ハ、未来人《みらいじん》I《アイ》。ワタシハ予言《よげん》スル。
人間《にんげん》ノ顔《かお》ヲ持《も》ツ呪《のろ》ワレタ犬《いぬ》ガ姿《すがた》ヲ現《あらわ》スダロウ。
謎野真実《なぞのしんじつ》ヨ、キミハ、ソノ飢《う》エタ牙《きば》カラ、
決《けっ》シテ、ノガレルコトハデキナイ」

未来人《みらいじん》I《アイ》は予言《よげん》を告《つ》げると、指《ゆび》をパチンと鳴《な》らす。

ザー、ザザッ　ザー、ザザッ

動画《どうが》はそのまま終了《しゅうりょう》した。

4

SCIENCE TRICK DATA FILE

科学《かがく》トリック データファイル

Q.こんにゃくはアルカリ性《せい》なんだね

酸性《さんせい》とアルカリ性《せい》を知《し》ろう

事件編《じけんへん》で出《で》てきた、ムラサキキャベツの汁《しる》で酸性《さんせい》かアルカリ性《せい》かを調《しら》べる実験《じっけん》のやりかたを紹介《しょうかい》します。

酸性《さんせい》やアルカリ性《せい》は、pHの数値《すうち》で表《あらわ》す。一般的《いっぱんてき》に0から14までの範囲《はんい》で表《あらわ》し、中性《ちゅうせい》は7。数値《すうち》が低《ひく》いほど酸性《さんせい》、高《たか》いほどアルカリ性《せい》が強《つよ》い。

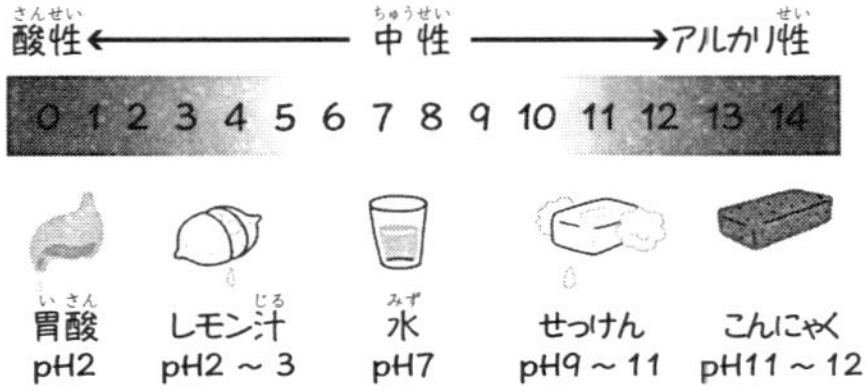
酸性《さんせい》
中性《ちゅうせい》
アルカリ性《せい》
0 1 2 3 4 5 6 7 8 9 10 11 12 13 14
胃酸《いさん》 pH2
レモン汁《じる》 pH2～3
水《みず》 pH7
せっけん pH9～11
こんにゃく pH11～12

【実験《じっけん》してみよう】

用意《ようい》するもの：ムラサキキャベツ（紫色《むらさきいろ》のブドウの皮《かわ》でもできる）、水《みず》、調《しら》べたい液体《えきたい》

①ムラサキキャベツを刻《きざ》んだものを水《みず》で煮《に》て、紫色《むらさきいろ》の煮汁《にじる》をつくる（ミキサーにかけてジュースにするだけでもよい）。

酸性《さんせい》
アルカリ性《せい》
赤
青

②ムラサキキャベツの汁《しる》に、調《しら》べたい液体《えきたい》を数滴《すうてき》入れる。アルカリ性《せい》なら青色《あおいろ》っぽく、酸性《さんせい》なら赤《あか》色《いろ》っぽく変化《へんか》する。

※ここで紹介《しょうかい》した実験《じっけん》はおうちの人《ひと》と一緒《いっしょ》にやりましょう。

A.身近《みぢか》なものを
調《しら》べてみると
いいよ

恐《きょう》怖《ふ》の人《じん》面《めん》犬《けん》

魔《ま》界《かい》の都《と》市《し》伝《でん》説《せつ》 5

事《じ》件《けん》編《へん》

「真実《しんじつ》くん、今日《きょう》も一緒《いっしょ》に帰《かえ》ろう！」

6時間目《じかんめ》の授業《じゅぎょう》が終《お》わると同時《どうじ》に、健太《けんた》が真実《しんじつ》の席《せき》へやってきた。

「ぼくはこれから図書室《としょしつ》に行《い》こうと思《おも》ってるんだけど」

「じゃあぼくも一緒《いっしょ》に行《い》くよ」

「キミが本《ほん》を？　図書室《としょしつ》にはマンガは置《お》いてないよ」

「それぐらい知《し》ってるよ。だいじょうぶ。図書係《としょがかり》の凛《りん》くんもいるし、係《かかり》の仕事《しごと》の手伝《てつだ》いでもして待《ま》ってるよ」

どうやら健太《けんた》は、ひとりで帰《かえ》るのがいやなようだ。

「もしかして、人面犬《じんめんけん》が怖《こわ》いのかい？」

真実《しんじつ》の言葉《ことば》に、健太《けんた》はギクリとした。

未来人《みらいじん》I《アイ》が「人面犬《じんめんけん》」の予言《よげん》をして、今日《きょう》で1週間《しゅうかん》がたった。

健太《けんた》はあいかわらず午前《ごぜん》0時《じ》まで起《お》きていられず、その動画《どうが》を見《み》ていなかったが、予言《よげん》のうわさは学校中《がっこうじゅう》に広《ひろ》まっていた。

ソノ飢《う》エタ牙《きば》カラ、決《けっ》シテ、ノガレルコトハデキナイ

「ぼく、走《はし》るのは好《す》きだけど、鬼《おに》ごっこはニガテで……」

「どういうことだい？」

「鬼《おに》ごっこってまっすぐ走《はし》ればいいってわけじゃないでしょ？　あちこち逃《に》げているうちにあわてちゃって、すぐにころんじゃうんだ」

「なるほど。人面犬《じんめんけん》に追《お》いかけられて鬼《おに》ごっこのようになったら、逃《に》げきる自信《じしん》がないということだね」

「そうなんだ！　さすが真実《しんじつ》くん、よくわかったね！」

真実《しんじつ》は小《ちい》さく首《くび》を横《よこ》に振《ふ》った。

「人面犬《じんめんけん》なんているはずないよ」

「ぼくだって信《しん》じたくないよ。だけど、なんだか怖《こわ》いでしょ。それに、真《しん》実《じつ》くんのこと名《な》ざししてるから、すごく心配《しんぱい》で……」

「だから、一緒《いっしょ》に帰《かえ》ったほうがいいと？」

鬼《おに》ごっこ
節分《せつぶん》の起源《きげん》となった宗教的《しゅうきょうてき》な行事《ぎょうじ》などから発展《はってん》した遊《あそ》びだといわれている。似《に》たような遊《あそ》びは世界中《せかいじゅう》にあり、西洋《せいよう》ではキリスト教《きょう》の儀式《ぎしき》から発展《はってん》し、およそ2千年前《せんねんまえ》からある遊《あそ》びなのだそうだ。

健太《けんた》はこの1週間《しゅうかん》、学校《がっこう》が終《お》わるといつも真実《しんじつ》と帰《かえ》っていたのだ。

「健太《けんた》くん……」

真実《しんじつ》は「やれやれ」と言《い》いながらも、席《せき》を立《た》った。

「ねえねえ、真実《しんじつ》くん」

家《いえ》へと向《む》かいながら、健太《けんた》は前《まえ》を歩《ある》く真実《しんじつ》に声《こえ》をかけた。

「図書室《としょしつ》に寄《よ》らなくてよかったの？」

結局《けっきょく》、真実《しんじつ》は図書室《としょしつ》へは行《い》かなかったのだ。

「キミを待《ま》たせるのは悪《わる》いからね。暗《くら》くなる前《まえ》に帰《かえ》ったほうがいいだろう」

「真実《しんじつ》くん……」

真実《しんじつ》は口《くち》には出《だ》さないが、健太《けんた》のことを心配《しんぱい》してくれているようだ。

健太《けんた》は少《すこ》しうれしくなった。

「あれは？」

ふいに、真実《しんじつ》が前方《ぜんぽう》を見《み》て立《た》ちどまった。

健太《けんた》も見《み》ると、そこには美希《みき》が立《た》っていた。
美希《みき》はカメラをかまえて、建物《たてもの》のすきまをのぞきこんでいる。

「美希《みき》ちゃん」

「わっ、びっくりさせないでよ」

「べつにびっくりさせるつもりはなかったけど、そんなところで何《なに》してるの？」

「ちょうどよかったわ。ちょっと手伝《てつだ》ってくれない？」

美希《みき》はかばんの中《なか》から予備《よび》のカメラをふたつ取《と》りだした。

「あなたたちも探《さが》すのを手伝《てつだ》って」

「探《さが》すって何《なに》を？」

「もちろん、決《き》まってるでしょ。人面犬《じんめんけん》よ！」

「えええ!?」

話《はなし》を聞《き》くと、美希《みき》はこの1週間《しゅうかん》、ずっと人面犬《じんめんけん》を探《さが》して、放課後暗《ほうかごくら》くなるまで町《まち》を探索《たんさく》しているのだという。

「写真《しゃしん》に撮《と》れれば大《だい》スクープでしょ。新聞部《しんぶんぶ》の部長《ぶちょう》としてねらうのは当然《とうぜん》よ！」

「そりゃあそうかもしれないけど。どうしてぼくたちにまでカメラを？」

「ふたりが協力《きょうりょく》してくれれば、効率《こうりつ》がアップするでしょ。それだけスクープがねらえるってことよ。ほらっ、探《さが》しにいって！」

「う、うん」

「ただし気《き》をつけてね。人面犬《じんめんけん》にかまれたら、三日三晩《みっかみばん》、犬《いぬ》のようにほえて苦《くる》しみながら死《し》んじゃうってうわさだから」

「そんな〜！」

「たいへんだ！」

突然《とつぜん》、声《こえ》が響《ひび》いた。

向《む》こうから、飯島凜《いいじまりん》が走《はし》ってくる。

「どうしたの、凜《りん》くん？」

健太《けんた》が声《こえ》をかけると、凜《りん》は息《いき》を切《き》らしながら一同《いちどう》を見《み》た。

「たいへんなんだ。人面犬《じんめんけん》が……、人面犬《じんめんけん》が、現《あらわ》れたんだ！」

「えええ!?」

真実《しんじつ》たちは、凛《りん》とともに公園《こうえん》へやってきた。

「さっき公園《こうえん》を通《とお》りかかったらね、しげみの中《なか》から急《きゅう》に犬《いぬ》が飛《と》びだしてきたんだよ」

「それが人面犬《じんめんけん》だったってこと？」

健太《けんた》は驚《おどろ》いて凛《りん》にたずねた。

「そう、体《からだ》は犬《いぬ》だけど、顔《かお》は人間《にんげん》の顔《かお》だったんだ」

「やっぱり実在《じつざい》したのね！　これは大《だい》スクープよ！」

美希《みき》はカメラをかまえた。

そのなか、真実《しんじつ》は凛《りん》のほうを見《み》た。

「それで、人面犬《じんめんけん》はどこにいるんだい？」

公園《こうえん》を見回《みまわ》すが、人面犬《じんめんけん》はどこにもいない。

「ボク、怖《こわ》くて、あわてて逃《に》げたんだ。だけど、どこまでも追《お》いかけてきて」

「追《お》いかけてきた、だって？」

「うん、逃《に》げても逃《に》げてもずっと追《お》いかけてきたんだ」

凛《りん》は公園《こうえん》のまわりを逃《に》げつづけたのだという。

「そうしたら、いつのまにかいなくなっていて。それで、そのすきに、真実《しんじつ》くんを捜《さが》してたんだ」

「そうなんだね」

「人面犬《じんめんけん》、まだこの近《ちか》くにいるかも！」

美希《みき》は公園《こうえん》のあちこちにカメラを向《む》けた。

そんな美希《みき》の横《よこ》で、健太《けんた》は顔《かお》をこわばらせていた。

健太《けんた》は真実《しんじつ》の服《ふく》のそでをつかむ。

「健太《けんた》くん、また怖《こわ》がってるの？」

美希《みき》がたずねると、健太《けんた》は大《おお》きくうなずく。

「だって、人面犬《じんめんけん》にかまれると死《し》んじゃうんでしょ？　やっぱり危険《きけん》すぎるよ」

「危険《きけん》だけど、大《だい》スクープをねらえるのよ。かまれそうになったら、逃《に》げればいいでしょ」

「だけど……」

すると、真実《しんじつ》が口《くち》を開《ひら》いた。

「健太《けんた》くん」

「あっ、真実《しんじつ》くんも危険《きけん》すぎると思《おも》うの!?」

「いや、そうじゃない。それ以上《いじょう》つかむとぼくの服《ふく》のそでが伸《の》びてしまうと言《い》いたかったんだ」

「わああ、ごめん」

あわてて手《て》を離《はな》す健太《けんた》。

真実《しんじつ》はみんなのほうを見《み》て言《い》った。

「ぼくはもう少《すこ》し探《さが》してみようと思《おも》う。目撃《もくげき》された犬《いぬ》の正体《しょうたい》をちゃんと調《しら》べたいんだ。見間《みま》違《ちが》いでないとしたら、そこには何《なに》かトリックがあるはずだからね」

真実《しんじつ》は人差《ひとさ》し指《ゆび》で眼鏡《めがね》をクイッとあげると、公園内《こうえんない》を歩《ある》きはじめた。

「ちょっと待《ま》って」

美希《みき》も追《お》いかける。

新聞部《しんぶんぶ》の部長《ぶちょう》として、何《なん》としてもスクープ写真《しゃしん》を撮《と》りたいようだ。

「真実《しんじつ》くん、美希《みき》ちゃん……」

しかし、健太《けんた》はふたりに続《つづ》くことができなかった。

そんな健太《けんた》に凛《りん》が声《こえ》をかけた。

「ボクたちも一緒《いっしょ》に探《さが》そうよ。真実《しんじつ》くんたちのこと、心配《しんぱい》だもん」

凛《りん》の顔《かお》もこわばっている。

しかし、手《て》を強《つよ》く握《にぎ》りしめ、目《め》には強《つよ》い意志《いし》を宿《やど》していた。

(凛《りん》くんは、ここぞというときは勇気《ゆうき》があるんだね。ぼくと違《ちが》ってやっぱりホームズ学園《がくえん》出身《しゅっしん》なだけのことはあるよね……。ぼくも勇気《ゆうき》を出《だ》さなきゃ)

「よし、探《さが》そう！」

健太《けんた》は凛《りん》とともに真実《しんじつ》たちのもとへ向《む》かおうとした。

ガサッ

背後《はいご》で音《おと》がした。

健太《けんた》は草《くさ》むらのほうを見《み》る。
何《なに》かが動《うご》いている。
目《め》をこらしてみると、茶色《ちゃいろ》い毛《け》なみの動物《どうぶつ》の体《からだ》が見《み》えた。
「犬《いぬ》……かな？」
じっと見《み》ていると、その動物《どうぶつ》が草《くさ》むらから出《で》てきた。
健太《けんた》はハッとした。
それは、犬《いぬ》だった。
だが、顔《かお》は肌色《はだいろ》だ。
髪《かみ》の毛《け》があり、眉毛《まゆげ》があり、シュッとした鼻《はな》と厚《あつ》いくちびるもある。
犬《いぬ》の体《からだ》に、人間《にんげん》の顔《かお》がついていた。

「出《で》たあああー!!」

健太《けんた》は大声《おおごえ》で叫《さけ》び、あわてて真実《しんじつ》たちのもとへ駆《か》けた。

「真実《しんじつ》くん！　いた！　人面犬《じんめんけん》、人面犬《じんめんけん》が！」

真実《しんじつ》と美希《みき》も、人面犬《じんめんけん》を確認《かくにん》する。

「ホントにいたわ！」

美希《みき》はカメラをかまえようとした。すると、人面犬《じんめんけん》が、ものすごい勢《いきお》いでこちらに向《む》かってきた。

「ダメ、早《はや》く逃《に》げましょう！」

「うん、逃《に》げよう！」

健太《けんた》は真実《しんじつ》に一緒《いっしょ》に逃《に》げるよううながすが、真実《しんじつ》は動《うご》こうとしない。

「だけど、ちゃんと調《しら》べてみないと」

「ああ～、なに言《い》ってるの！　おそわれちゃうよ！」

健太《けんた》は真実《しんじつ》の手《て》をつかんで、逃《に》げる。

美希《みき》と凛《りん》もあとに続《つづ》いた。


真実《しんじつ》たちは路地《ろじ》を走《はし》りつづけた。

人面犬《じんめんけん》はまだ追《お》いかけてくる。

「健太《けんた》くん、手《て》を離《はな》してくれないかな？」

「ダメだよ！　離《はな》したら、真実《しんじつ》くん観察《かんさつ》しようとして止《と》まっちゃうでしょ」

やがて、前方《ぜんぽう》に曲《ま》がり角《かど》が見《み》えてきた。

「ああん！　右《みぎ》と左《ひだり》どっちに行《い》けばいいのよ！」

「美希《みき》ちゃん、悩《なや》んでる余裕《よゆう》ないよ。右《みぎ》！　右《みぎ》に行《い》くよ！」

一同《いちどう》は右《みぎ》に曲《ま》がった。

すると、人面犬《じんめんけん》も右《みぎ》に曲《ま》がった。

「わああ、ついてくる！」

「どうして追《お》いかけてくるのよ！」

健太《けんた》たちは息《いき》を切《き》らしながら走《はし》りつづける。

人面犬《じんめんけん》はまだ追《お》ってきている。

すると、真実《しんじつ》が口《くち》を開《ひら》いた。

「逃《に》げても、むだだよ」

「あきらめちゃダメだよ」

「そういうことじゃない」

真実《しんじつ》は走《はし》りながら、人面犬《じんめんけん》のほうをチラリと見《み》た。

「犬《いぬ》というのは、逃《に》げている相手《あいて》のことを、自分《じぶん》より弱《よわ》い者《もの》だと判断《はんだん》するんだ。だから追《お》いかけてつかまえようとする」

「そういうことは早《はや》く言《い》ってよ～！」

そのとき、健太《けんた》は駐車場《ちゅうしゃじょう》を見《み》つけた。

「逃《に》げるのがダメなら、隠《かく》れよう！」

「そうね！」

「真実《しんじつ》くんも、早《はや》く！」


野犬《やけん》などに遭遇《そうぐう》したら？

犬《いぬ》は、祖先《そせん》の狼《おおかみ》から受《う》け継《つ》いだ狩猟本能《しゅりょうほんのう》があるため、逃《に》げる獲物《えもの》を追《お》う習性《しゅうせい》がある。もし野犬《やけん》や、つながれていない犬《いぬ》に遭遇《そうぐう》した場合《ばあい》は、急《きゅう》に走《はし》りだしたりせず、ゆっくりあとずさってその場《ば》を離《はな》れるようにしよう。

健太《けんた》は真実《しんじつ》の手《て》を引《ひ》っぱって、駐車場《ちゅうしゃじょう》へ向《む》かった。

「よし、ここなら！」

健太《けんた》は真実《しんじつ》とともに、車《くるま》と車《くるま》のすきまに隠《かく》れる。

美希《みき》と凛《りん》も、そのうしろに隠《かく》れる。

健太《けんた》は、そっと顔《かお》を出《だ》し、駐車場《ちゅうしゃじょう》の入《い》り口《ぐち》を見《み》た。

人面犬《じんめんけん》が駐車場《ちゅうしゃじょう》の前《まえ》をウロウロしている。

「そのまま向《む》こうへ行《い》っちゃえ……」

健太《けんた》はそう言《い》うと、真実《しんじつ》が首《くび》を横《よこ》に振《ふ》った。

「ふつうの犬《いぬ》でも、この距離《きょり》ならぼくたちを見《み》つけられるかもしれないよ」

「どういうこと？」

「犬《いぬ》の嗅覚《きゅうかく》は、人間《にんげん》の１億倍《おくばい》までも感知《かんち》することができるんだ」

「ええ、そんなに？」

「正確《せいかく》に言《い》うと、かぎわけることができる。もしぼくたちのにおいを覚《おぼ》えていたら、どこに

いるのかわかってしまうだろうね」

「それって、隠《かく》れるのがむだってこと？」

「そうなるね。それに、犬《いぬ》は聴覚《ちょうかく》もとてもいい。人間《にんげん》が聞《き》きとれない音《おと》まで聞《き》こえたりするんだ」

「そんな！」

そのとき、人面犬《じんめんけん》が駐車場《ちゅうしゃじょう》に入《はい》ってきた。

「しっ！　みんな静《しず》かに」

美希《みき》が小声《こごえ》で言《い》う。

健太《けんた》は息《いき》をころして、人面犬《じんめんけん》が去《さ》っていくのを心《こころ》の中《なか》で祈《いの》った。

ペタ　ペタ　ペタ

人面犬《じんめんけん》が近《ちか》づいてくる。

ペタ　ペタ　ペタ

さらに近《ちか》づいてくる。

人面犬《じんめんけん》は、駐車場《ちゅうしゃじょう》の中《なか》をゆっくりと歩《ある》きながら、健太《けんた》たちが隠《かく》れている車《くるま》のそばを、そのまま通《とお》りすぎようとする。

健太《けんた》はホッと胸《むね》をなでおろした。

だがその瞬間《しゅんかん》、人面犬《じんめんけん》がこちらに顔《かお》を向《む》けた。

猛《もう》スピードで駆《か》けてくる。

「きゃああ！」

「見《み》つかった！」

驚《おどろ》いた健太《けんた》は真実《しんじつ》の手《て》を離《はな》してしまう。

「ああ！」

真実《しんじつ》は車《くるま》と車《くるま》のすきまから飛《と》びだし、人面犬《じんめんけん》の前《まえ》に立《た》った。

「真実《しんじつ》くん、逃《に》げて！」

しかし、真実《しんじつ》は人面犬《じんめんけん》を観察《かんさつ》するように見《み》ている。

そんな真実《しんじつ》に、人面犬《じんめんけん》は今《いま》まさにおそいかかろうとしていた。

「真実《しんじつ》くん！」

瞬間《しゅんかん》、人面犬《じんめんけん》が真実《しんじつ》に飛《と》びかかった。

「あぶない！」

健太《けんた》はとっさに真実《しんじつ》のもとへ駆《か》けだす。

「きゃっ」

健太《けんた》の勢《いきお》いに驚《おどろ》いた美希《みき》は、うしろにいた凛《りん》を巻《ま》きこんで、しりもちをついてしまう。

「真実《しんじつ》くん‼」

健太《けんた》は手《て》を広《ひろ》げて真実《しんじつ》をかばうように前《まえ》に立《た》ちはだかると、目《め》をぎゅっとつぶった。

（かまれてもいい！）

健太《けんた》は身《み》がまえた。

だがそのとき、人面犬《じんめんけん》が急《きゅう》に動《うご》きを止《と》めた。

人面犬《じんめんけん》は、何《なに》かを探《さが》すように、あたりをキョロキョロと見回《みまわ》すと、くるっと向《む》きを変《か》え、そのままU《ユー》ターンして、もと来《き》た道《みち》を引《ひ》き返《かえ》していく。

「人面犬《じんめんけん》は行《い》ってしまったよ」

真実《しんじつ》にそう言《い》われて、健太《けんた》がおそるおそる目《め》を開《あ》ける。

そこにはもう、人面犬《じんめんけん》はいなかった。

「ぼくたち、助《たす》かったの……？」

健太《けんた》はホッとして、一気《いっき》に全身《ぜんしん》の力《ちから》が抜《ぬ》けてしまった。

しりもちをついたまま、そのようすを見守《みまも》っていた美希《みき》は、ようやく立《た》ちあがる。

美希《みき》が振《ふ》り返《かえ》って凛《りん》を見《み》ると、凛《りん》は右手《みぎて》の甲《こう》を押《お》さえていた。

巻《ま》きこまれてころんだひょうしに、すりむいたようだ。

「ごめんね、凛《りん》くん。だいじょうぶ？　血《ち》は出《で》てない？」

「かすり傷《きず》だから平気《へいき》だよ」

凛《りん》も立《た》ちあがり、ふたりは健太《けんた》と真実《しんじつ》のもとへ駆《か》け寄《よ》る。


真実《しんじつ》がポツリと言《い》う。

「健太《けんた》くん。さっきは……ありがとう」

「いや、あの、とっさに体《からだ》が動《うご》いただけで、えーっと……」

健太《けんた》は、照《て》れて真《ま》っ赤《か》になった顔《かお》をかくすようにうつむき、あわてて言葉《ことば》を続《つづ》けた。

「それにしても、どうして人面犬《じんめんけん》はおそってこなかったんだろう？」

腕《うで》を組《く》んで考《かんが》える健太《けんた》。

そのとき、真実《しんじつ》は地面《じめん》に何《なに》かが落《お》ちていることに気《き》づいた。

「これは……」


真実《しんじつ》はそれを拾《ひろ》い、じっと見《み》つめる。

金属製《きんぞくせい》で、小《ちい》さくて長細《ながほそ》い筒《つつ》のような形《かたち》をしている。

「そうか、そういうことか」

真実《しんじつ》は人差《ひとさ》し指《ゆび》で眼鏡《めがね》をクイッとあげると、健太《けんた》たちのほうを見《み》た。

「人面犬《じんめんけん》がなぜぼくたちを追《お》いかけてきたのか、そして急《きゅう》に追《お》いかけなくなったのか、そのナゾが解《と》けたよ」

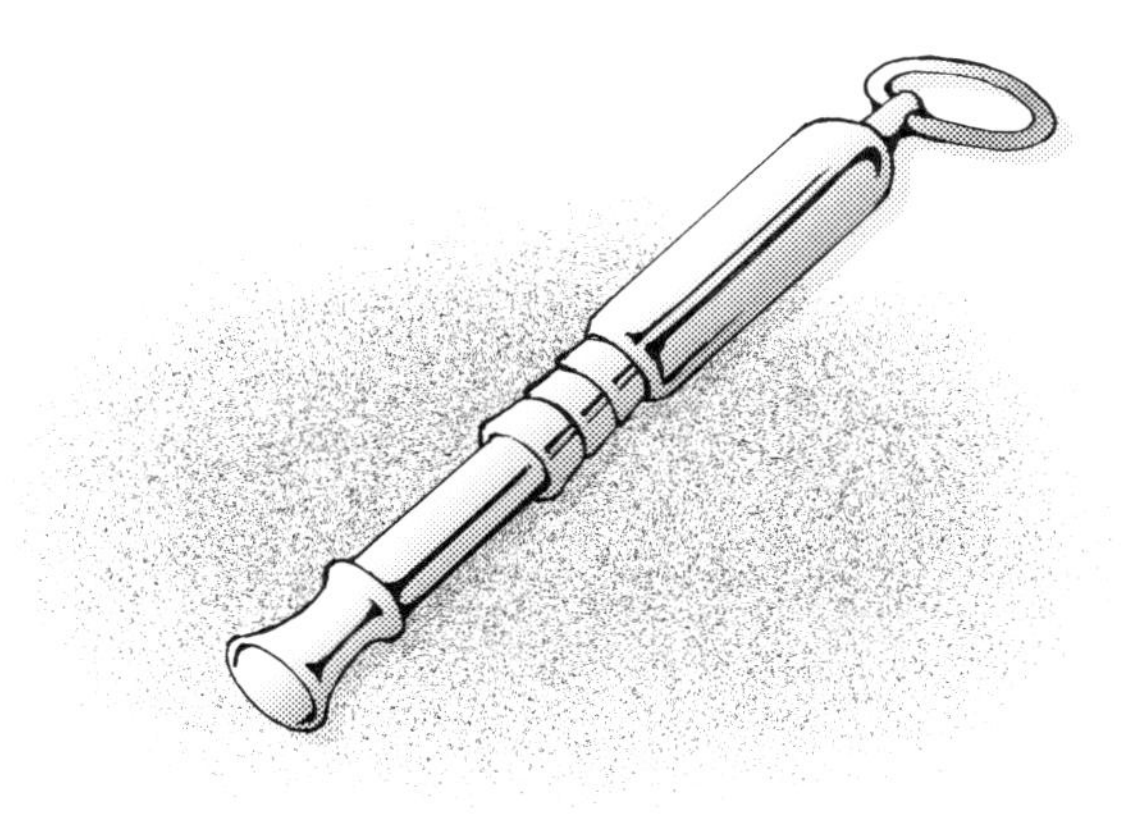

犯人《はんにん》は犬《いぬ》の能力《のうりょく》を利用《りよう》したんだ

解《かい》決《けつ》編《へん》

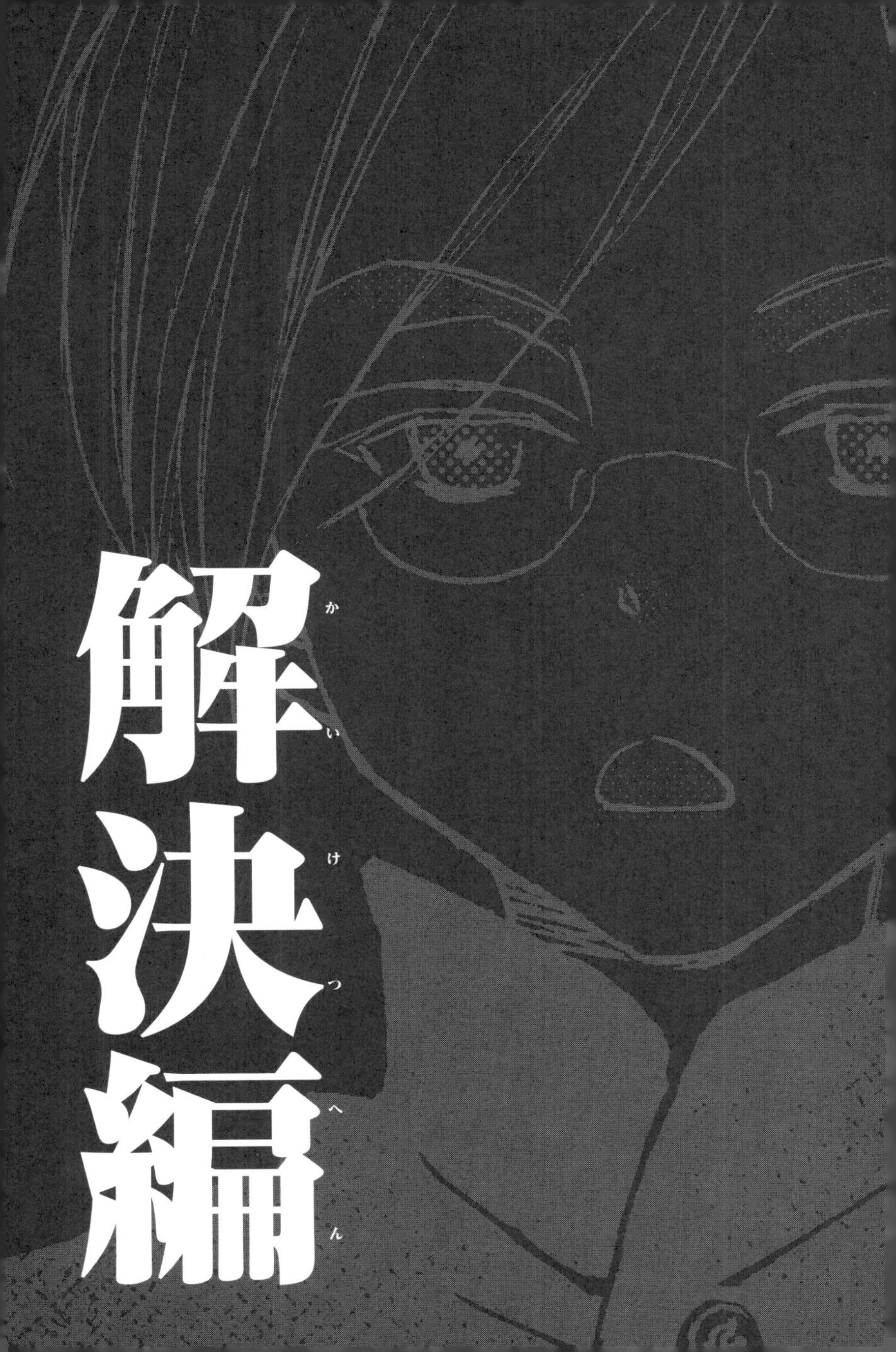

「真実《しんじつ》くん。ナゾが解《と》けたってどういうこと？」

健太《けんた》がたずねると、真実《しんじつ》は、「これだよ」と手《て》をさしだした。

そこには、小《ちい》さくて長細《ながほそ》い金属製《きんぞくせい》の筒《つつ》があった。

「それは何《なん》なの？」

「駐車場《ちゅうしゃじょう》の地面《じめん》に落《お》ちていたんだ」

「落《お》ちていた？」

「説明《せつめい》するより、実際《じっさい》にやったほうが早《はや》い」

真実《しんじつ》はポケットからハンカチを取《と》りだし、筒《つつ》の先《さき》についた砂《すな》をふくと、そこに自分《じぶん》の口《くち》を近《ちか》づけた。

そのまま、息《いき》を吹《ふ》きつける。

何度《なんど》か息《いき》を吹《ふ》きつけると、筒《つつ》を口《くち》から離《はな》した。

「いったい何《なに》をしてるの？」

健太《けんた》には意味《いみ》がさっぱりわからない。

「人面犬《じんめんけん》が怖《こわ》すぎて、ヘンになっちゃったのかしら？」

美希《みき》も、その横《よこ》にいる凛《りん》も、首《くび》をかしげている。

「べつに変《へん》になんかなってないよ。ぼくの推理《すいり》が正《ただ》しければ、これで来《く》るはずだ」

「来《く》るって何《なに》が来《く》るの？」

「それは──」

真実《しんじつ》が健太《けんた》の問《と》いに答《こた》えようとした瞬間《しゅんかん》、道路《どうろ》のほうから何《なに》かが姿《すがた》を現《あらわ》した。

人面犬《じんめんけん》だ。


「出《で》たあああ！」


健太《けんた》はあわてて逃《に》げようとする。

そんな健太《けんた》の手《て》を真実《しんじつ》がつかんだ。

「逃《に》げなくていい」

「えっ、でも！」

「だいじょうぶだから」

真実《しんじつ》は、人面犬《じんめんけん》のほうをじっと見《み》つめる。

真実《しんじつ》は手《て》に持《も》っていた筒《つつ》に、また息《いき》を吹《ふ》きつけた。

すると、人面犬《じんめんけん》がものすごい勢《いきお》いで駆《か》けてきた。

そのまま真実《しんじつ》に飛《と》びつく。

「わああ、真実《しんじつ》くんが！」

健太《けんた》は思《おも》わず大声《おおごえ》をあげた。

しかしすぐに、おかしなことに気《き》づいた。

おそいかかったはずの人面犬《じんめんけん》のしっぽが、パタパタと動《うご》いていたのだ。

「もしかして……、喜《よろこ》んでる？」

犬《いぬ》がしっぽを上《うえ》に向《む》けて振《ふ》るのは、喜《よろこ》んでいる証《しょう》拠《こ》なのだ。

見《み》ると、真実《しんじつ》は人面犬《じんめんけん》の背中《せなか》をやさしくなでていた。

真実《しんじつ》は、みんなに人面犬《じんめんけん》の顔《かお》を見《み》せた。

「ああ！」

人面犬《じんめんけん》はたしかに人《ひと》の顔《かお》をしていた。

だがそれは、よく見《み》ると、人《ひと》の顔《かお》をしたマスクだったのだ。

「ちょっと、どういうことなの？」

「マスクだったんだねえ」

美希《みき》と凛《りん》も驚《おどろ》く。

真実《しんじつ》がマスクを取《と》ると、中《なか》からかわいい柴犬《しばいぬ》の顔《かお》が出《で》てきた。

「これが人面犬《じんめんけん》の正体《しょうたい》ってこと？」

「そのとおりだよ、健太《けんた》くん。そしてどこまでも追《お》いかけてきたのは、これのせいだ」

真実《しんじつ》は、みんなに先《さき》ほどの金属《きんぞく》の筒《つつ》を見《み》せた。

「これは『犬笛《いぬぶえ》』といって、犬《いぬ》だけに聞《き》こえる音《おと》を出《だ》すことができる道具《どうぐ》

柴犬《しばいぬ》
日本原産《にほんげんさん》の犬種《けんしゅ》。日本《にほん》では、縄文時代《じょうもんじだい》から、狩猟犬《しゅりょうけん》として人間《にんげん》とともに暮《く》らしてきた。現在《げんざい》もよく飼《か》われている犬《いぬ》だが、実《じつ》は天然記念物《てんねんきねんぶつ》に指定《してい》されている。

なんだ」

「犬《いぬ》だけに？」

「死《し》のメロディーの事件《じけん》のとき、人間《にんげん》は20〜2万《まん》ヘルツぐらいの音《おと》を聞《き》きとることができるって説明《せつめい》したね。一方《いっぽう》、犬《いぬ》は65〜5万《まん》ヘルツぐらいの音《おと》を聞《き》きとることができるんだ。人間《にんげん》より、ずっと高《たか》い音《おと》を聞《き》きとれるってことだね」

「そうなんだ。犬《いぬ》ってすごいね！」

「この笛《ふえ》は、約《やく》3万《まん》ヘルツの音《おと》が出《で》るんだ。だから吹《ふ》いても人間《にんげん》は聞《き》きとることができない。もしそんな犬笛《いぬぶえ》がぼくたちの近《ちか》くで鳴《な》ったとしたら」

「そうか！　犬《いぬ》はその音《おと》が聞《き》きとれるから、ずっとぼくたちを追《お》いかけてきたんだね！」

「ああ。この犬《いぬ》は犬笛《いぬぶえ》で訓練《くんれん》された犬《いぬ》なんだよ」

真実《しんじつ》は犬《いぬ》の頭《あたま》をやさしくなでた。

「なるほど、そういうことだったのね！」

「犬笛《いぬぶえ》であやつってたなんて、びっくりだねえ」

美希《みき》と凜《りん》が感心《かんしん》したようすで言《い》う。

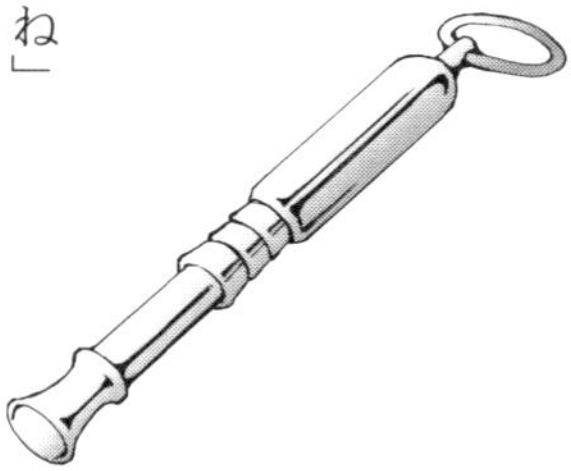

「だけど、どうやって犬《いぬ》を追《お》いかけさせつづけたの？　犯人《はんにん》は隠《かく》れながら、ぼくたちについてきてたってこと？」

いろんな生《い》き物《もの》の聞《き》こえる音《おと》の範囲《はんい》

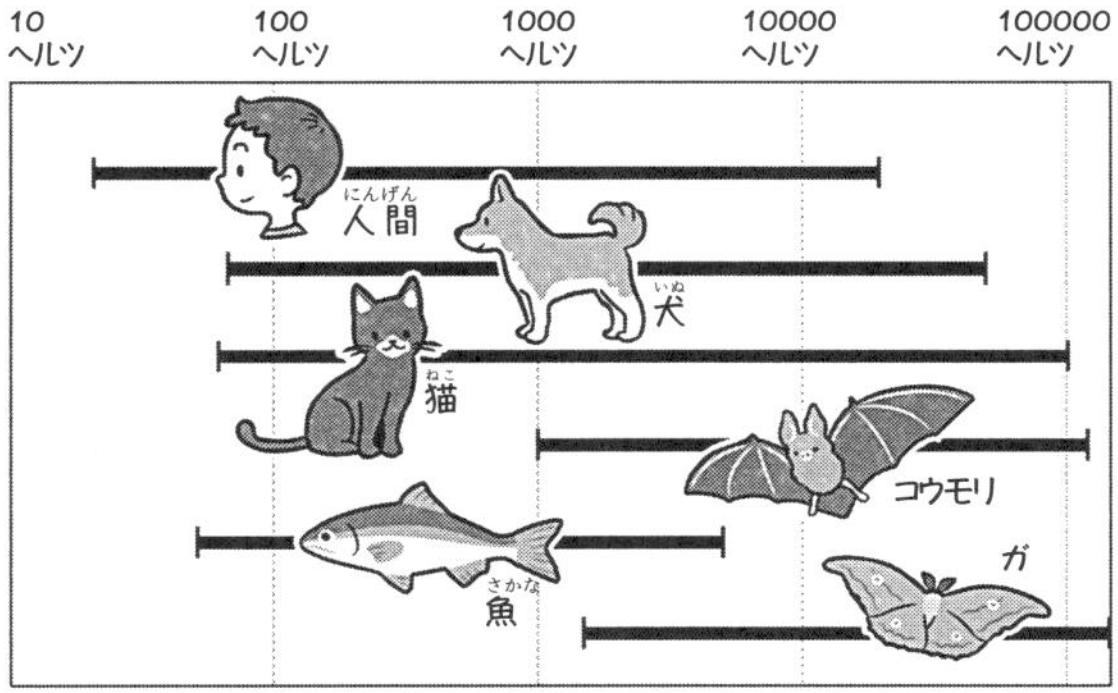

健太《けんた》はそう言《い》って首《くび》をひねった。

美希《みき》は、キッとした表情《ひょうじょう》で言《い》った。

「まだ近《ちか》くに隠《かく》れているかも！　出《で》てきなさい！　隠《かく》れているのはわかってるのよ！」

美希《みき》はまわりを見《み》て叫《さけ》ぶが、誰《だれ》も出《で》てこない。

「逃《に》げたみたいね……」

「犯人《はんにん》が犬笛《いぬぶえ》を落《お》としたからぼくたち助《たす》かったけど、そもそもどうして、犬笛《いぬぶえ》を落《お》としたんだろう？」

健太《けんた》の言葉《ことば》に、美希《みき》と凛《りん》も首《くび》をかしげる。

一方《いっぽう》、真実《しんじつ》は何《なに》も言《い》わず、ただ犬笛《いぬぶえ》を見《み》ていた。

その日《ひ》の夜《よる》——。

時計《とけい》の針《はり》が午前《ごぜん》0時《じ》になる瞬間《しゅんかん》、動画《どうが》サイト「I《アイ》Tube《チューブ》」に、1件《けん》の新《あたら》しい動画《どうが》が投《とう》稿《こう》された。

それは、未来人《みらいじん》I《アイ》の予言《よげん》だ。

「ワタシノ名前《なまえ》ハ、未来人《みらいじん》I《アイ》。ワタシハ予言《よげん》スル。
マモナク、『八尺《はっしゃく》サマ』が姿《すがた》ヲ現《あらわ》シ、
魅入《みい》ラレシ者《もの》ヲ異世界《いせかい》ヘト連《つ》レサルダロウ。
謎野真実《なぞのしんじつ》、キミニ、コノ恐怖《きょうふ》ヲ止《と》メルコトがデキルカ？」

未来人《みらいじん》I《アイ》は指《ゆび》をパチンと鳴《な》らした。

画面《がめん》が暗《くら》くなっていく。

未来人《みらいじん》I《アイ》の姿《すがた》が消《き》え、砂嵐《すなあらし》が映《うつ》しだされる。

ザー、ザザッ　ザー、ザザッ

動画《どうが》はそのまま終了《しゅうりょう》した。

5

SCIENCE TRICK DATA FILE

科学《かがく》トリック データファイル

Q.すごい能力《のうりょく》を持《も》った生《い》き物《もの》がいるんだね

生《い》き物《もの》たちのスゴイ感覚《かんかく》

犬《いぬ》の聴覚《ちょうかく》や嗅覚《きゅうかく》のように、人間《にんげん》をはるかに超《こ》える感覚《かんかく》を持《も》つ生《い》き物《もの》がいます。

鷹《たか》の視覚《しかく》は人間《にんげん》の6倍《ばい》以上《いじょう》！

鷹《たか》の目《め》の細胞《さいぼう》は人間《にんげん》の6倍以《ばいい》上《じょう》あり、遠《とお》くのものでもはっきりと見《み》ることができる。なんと、3・5キロメートル離《はな》れたところから、ウサギの耳《みみ》が立《た》っているかどうかがわかるそうだ。

コウモリは暗闇《くらやみ》でも飛《と》べる！

超音波《ちょうおんぱ》（人間《にんげん》には聞《き》こえない音波《おんぱ》）を出《だ》し、それが反射《はんしゃ》して返《かえ》ってくるまでの時間《じかん》で、障害物《しょうがいぶつ》までの距離《きょり》を知《し》ることができる。

象《ぞう》は足《あし》で音《おと》を聞《き》く？

人間《にんげん》には聞《き》こえない、低《ひく》い声《こえ》（低周波《ていしゅうは》）で仲間《なかま》と会話《かいわ》している。その声《こえ》は、10キロメートルほど先《さき》まで伝《つた》わり、象《ぞう》は耳《みみ》と足《あし》の裏《うら》で、その声《こえ》を聞《き》きとっているそうだ。

人間《にんげん》の嗅覚《きゅうかく》、実《じつ》はいい！

人間《にんげん》は、バナナのにおいに関《かん》しては、犬《いぬ》よりも敏感《びんかん》だそうだ。

A. 厳《きび》しい環境《かんきょう》で生《い》きぬくために進化《しんか》したんだ

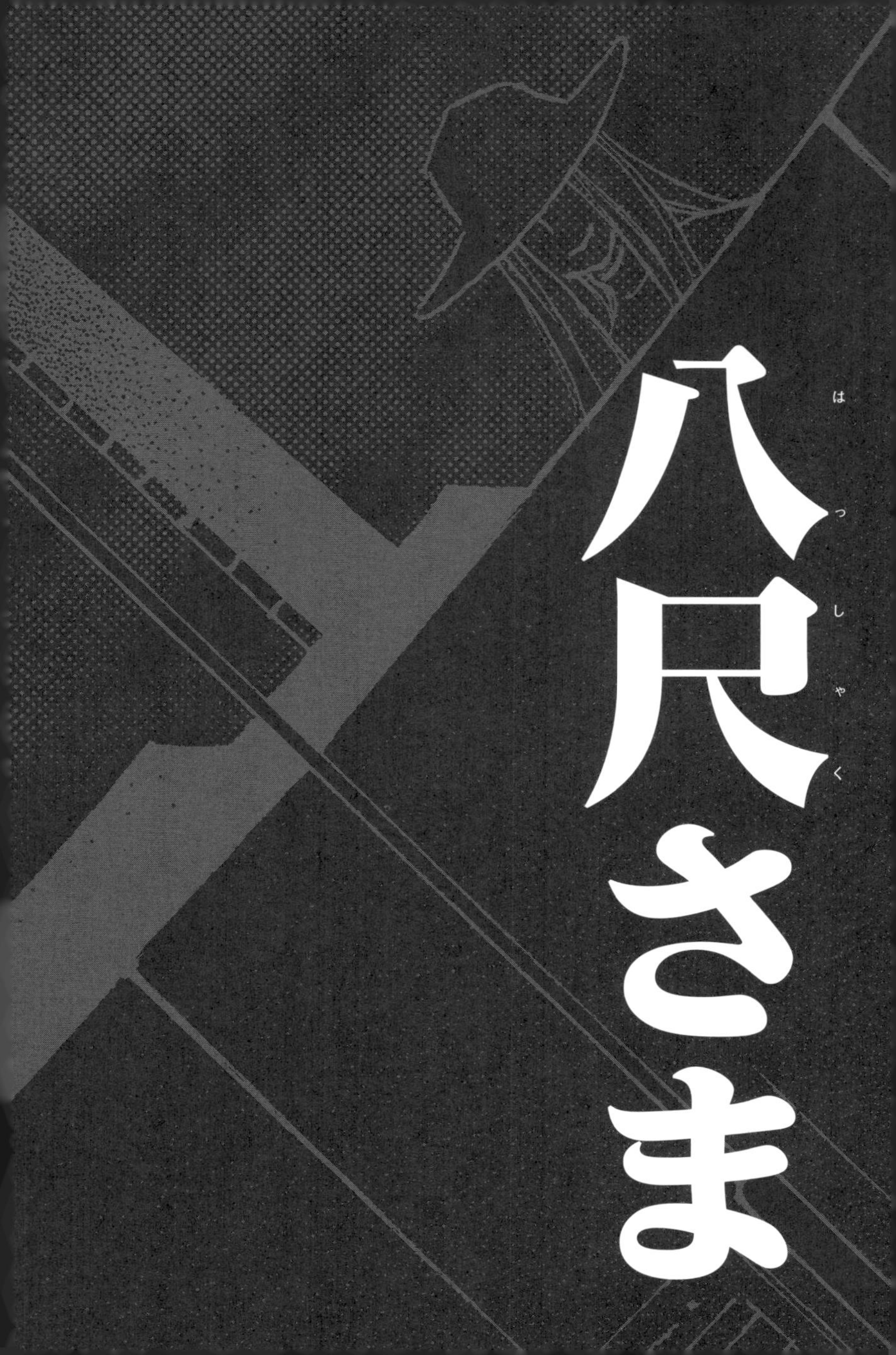
八尺《はっしゃく》さま

魔界《まかい》の都市《とし》伝説《でんせつ》 6

事件編《じけんへん》

「八尺《はっしゃく》さまってほんとにいるのかな？」
学校《がっこう》は、朝《あさ》からその話《はなし》でもちきりになっていた。
八尺《はっしゃく》さまとは、背《せ》の高《たか》さが2メートル以上《いじょう》ある、謎《なぞ》の女《おんな》の怪人《かいじん》だ。

白《しろ》い帽子《ぼうし》をかぶり、白《しろ》いワンピースを着《き》ていて、好《す》きになった男《おとこ》の子《こ》を、

「ぽ、ぽぽ、ぽ」


と言《い》いながら、どこまでも追《お》いかけてくるというのだ。

「八尺《はっしゃく》さまって、家《いえ》の中《なか》にも入《はい》ってきちゃうんでしょ？」

「つかまったら、異世界《いせかい》に連《つ》れさられちゃうらしいよ」

「そんな！　謎野《なぞの》くん、どうなっちゃうの!?」

生徒《せいと》たちはみな、真実《しんじつ》のことを心配《しんぱい》していた。

しかし、真実《しんじつ》はまるで気《き》にするようすもなく、いつものように自分《じぶん》の席《せき》に座《すわ》って、本《ほん》を読《よ》んでいた。

「真実《しんじつ》くん、未来人《みらいじん》I《アイ》がまた挑戦《ちょうせん》してきたみたいね」

美希《みき》が興味津々《きょうみしんしん》な顔《かお》で6年《ねん》2組《くみ》の教室《きょうしつ》にやってきた。

真実《しんじつ》はチラリと視線《しせん》だけを美希《みき》のほうに向《む》ける。

尺《しゃく》
日本古来《にほんこらい》の長《なが》さの単位《たんい》。1尺《しゃく》は、曲尺《かねじゃく》（建築関係《けんちくかんけい》で使《つか》うものさし）では約《やく》30・3センチ、鯨尺《くじらじゃく》（和服《わふく》の裁縫《さいほう》で使《つか》うものさし）では約《やく》37・9センチ。つまり、8尺《しゃく》なら約《やく》2メートル42センチ、または約《やく》3メートル3センチということだ。

「どんなトリックをしかけてきたとしても、ぼくは解《と》いてみせる。この世《よ》に科学《かがく》で解《と》けないナゾはないからね」

真実《しんじつ》はそう言《い》うと、人差《ひとさ》し指《ゆび》で眼鏡《めがね》をクイッとあげた。

「おはよ……」

健太《けんた》が教室《きょうしつ》に入《はい》ってきた。

なんだかフラフラしている。顔《かお》もちょっと赤《あか》い。

「健太《けんた》くん、どうしたの？　風邪《かぜ》でもひいた？」

「あっ、美希《みき》ちゃん。ううん、元気《げんき》、だよ」

健太《けんた》は手《て》に持《も》っていた何《なに》かをうしろに隠《かく》した。

「何《なに》を隠《かく》したの？」

「えっ、あっ、べつに。さあて、今日《きょう》もはりきって勉強《べんきょう》しよーっと」

健太《けんた》はうしろに手《て》を回《まわ》したまま、そそくさと自分《じぶん》の席《せき》へと向《む》かった。

「何《なに》よいったい？　ヘンなの」

美希《みき》は首《くび》をかしげるのだった。

その日《ひ》、健太《けんた》はずっとようすがおかしかった。

授業中《じゅぎょうちゅう》も、休《やす》み時間《じかん》も、ボーッとしていて、うわの空《そら》だったのだ。

「ねえ、真実《しんじつ》くん、凛《りん》くん、今日《きょう》、健太《けんた》くんとしゃべった？」

昼休《ひるやす》み、美希《みき》はふたりを廊下《ろうか》に呼《よ》びだしてたずねた。

「いや、まともに会話《かいわ》してないね」

「ボクも。なんだかちょっとヘンだよね」

「健太《けんた》くん、都市伝説《としでんせつ》の話《はなし》にもぜんぜん興味《きょうみ》がないみたいなのよ」

「どういうことだい？」

「今日《きょう》はみんな、八尺《はっしゃく》さまの話《はなし》をしているでしょ。それなのに、健太《けんた》くん、ぜんぜんその話《はなし》に加《くわ》わってこないのよ」

「へえ、そんなめずらしいことがあるんだね」

「これは、ある意味《いみ》、事件《じけん》かも！」

美希《みき》の言葉《ことば》に、飯島凛《いいじまりん》も大《おお》きくうなずいた。

一方《いっぽう》、教室《きょうしつ》にいる健太《けんた》は、ひとり自分《じぶん》の席《せき》に座《すわ》ってぼんやりしていた。

（まさか、ぼくにこんな日《ひ》が来《く》るなんて……）

健太《けんた》はまわりを見回《みまわ》し、誰《だれ》も見《み》ていないことを確認《かくにん》すると、持《も》っていたものをじっと見《み》つめた。

「宮下健太《みやしたけんた》くんへ」

と書《か》かれた封筒《ふうとう》。

差出人《さしだしにん》の名前《なまえ》はない。

健太《けんた》は、封筒《ふうとう》を開《ひら》き、中《なか》の手紙《てがみ》を読《よ》んだ。

ひと目見《めみ》て、あなたのことが大好《だいす》きになりましたわ。

今日《きょう》の放課後《ほうかご》、町《まち》はずれの工場跡地《こうじょうあとち》まで、ひとりで来《き》てもらえませんか？

楽《たの》しみに、待《ま》ってますわよ。

（これって、ラブレター、だよね……）

今朝《けさ》、登校《とうこう》してきた健太《けんた》は、自分《じぶん》の下駄箱《げたばこ》の中《なか》に、１通《つう》の封筒《ふうとう》が入《はい》っていることに気《き》づいた。

今《いま》まで、健太《けんた》はラブレターなどもらったことがない。

バレンタインデーも、美希《みき》が義理《ぎり》チョコをくれるだけだ。

そんな健太《けんた》でも、これがラブレターだということはわかる。

（だけど、ちょっとヘンなんだよね……）

健太《けんた》は会《あ》う場所《ばしょ》が気《き》になった。

（どうして、わざわざ町《まち》はずれの工場跡地《こうじょうあとち》なんだろう？）

工場跡地《こうじょうあとち》は、ふだん、人《ひと》があまり行《い》かない場所《ばしょ》だ。

（ものすごく、はずかしがりやな子《こ》なのかな？）

健太《けんた》は手紙《てがみ》のことを、ずっと考《かんが》えていた。

（放課後《ほうかご》……、とりあえず、工場跡地《こうじょうあとち》まで行《い》かなきゃだよね……）

放課後《ほうかご》――。

誰《だれ》よりも早《はや》く教室《きょうしつ》を出《で》たのは、健太《けんた》だった。

「あっ、健太《けんた》くん！」

となりの教室《きょうしつ》から出《で》てきた美希《みき》が呼《よ》ぶが、聞《き》こえていないようで、健太《けんた》はそのまま階段《かいだん》をおりて、行《い》ってしまった。

「ねえ、健太《けんた》くんを追《お》いかけましょう」

美希《みき》は６年《ねん》２組《くみ》の教室《きょうしつ》に入《はい》ると、真実《しんじつ》と凜《りん》に言《い》った。

しかし、真実《しんじつ》は首《くび》を横《よこ》に振《ふ》る。

「ぼくはこれから用事《ようじ》があるんだ」

「そんな！　健太《けんた》くんのこと心配《しんぱい》じゃないの？」

「心配《しんぱい》だけど、どうしても確《たし》かめたいことがあるんだ」

「確《たし》かめたいこと……？」

真実《しんじつ》は席《せき》から立《た》ちあがると、「じゃあ」と言《い》って教室《きょうしつ》から出《で》ていってしまった。

「真実《しんじつ》くん、なんだか冷《つめ》たいんだけど……。凜《りん》くんは行《い》ける？」

「ボクは今日《きょう》、図書係《としょがかり》の仕事《しごと》がないから、だいじょうぶだよ。とりあえず、ふた手《て》に分《わ》かれて健太《けんた》くんを捜《さが》そう！」

「そうね！」

ふたりは、駆《か》けだすように教室《きょうしつ》を出《で》た。

一方《いっぽう》、健太《けんた》はひとり、町《まち》はずれの工場跡地《こうじょうあとち》にやってきた。

（どこにいるのかな？）

あたりを見回《みまわ》す。

ひとけはなく、真冬《まふゆ》の冷《つめ》たい風《かぜ》が吹《ふ》いている。

「あの〜、宮下健太《みやしたけんた》だけど」

健太《けんた》はキョロキョロしながら、自分《じぶん》の名前《なまえ》を言《い》ってみた。

しかし、返事《へんじ》はない。

（まだ来《き》てないのかな？）

健太《けんた》は待《ま》ってみることにした。

10分《ぷん》、20分《ぷん》、30分《ぷん》。

あたりが、うす暗《ぐら》くなっていく。

それでも、誰《だれ》も来《こ》ない。

（もしかして、ただのイタズラだったのかも……）

よくよく考《かんが》えてみると、いくらはずかしがりやな子《こ》でも、こんなところで待《ま》ちあわせなどしないはずだ。

（ぼく、だまされたのかも……）

健太《けんた》は大《おお》きなショックを受《う》けて、ガクリと頭《あたま》をたれた。

そのとき、誰《だれ》かの気配《けはい》がした。

顔《かお》をあげると、前方《ぜんぽう》に塀《へい》がある。

その塀《へい》の上《うえ》に、白《しろ》い帽子《ぼうし》をかぶった人《ひと》の顔《かお》が見《み》えていた。

「いつのまに……？」

どうやら塀《へい》の向《む》こうから顔《かお》だけを出《だ》して、健太《けんた》のほうを見《み》ているようだ。

うす暗《ぐら》く、距離《きょり》が少《すこ》し離《はな》れているが、髪《かみ》の長《なが》いほっそりした人《ひと》であることはわかる。

その人《ひと》はほほえみながら、健太《けんた》のほうをじっと見《み》ていた。

「ええっと……」

(手紙《てがみ》をくれた人《ひと》なのかな?)

ほほえんでいるということは、そういうことなのだろうと健太《けんた》は思《おも》った。

「ぼくに手紙《てがみ》をくれたよね?」

健太《けんた》はそう言《い》うと、塀《へい》のほうへ近《ちか》づこうとした。

だがそのとき、奇妙《きみょう》なことに気《き》づいた。


「あれ?」


その人《ひと》が顔《かお》を出《だ》している塀《へい》は、2メートル以上《いじょう》の高《たか》さがあったのだ。

「ど、どういうこと? どうやって、顔《かお》を出《だ》してるの?」

健太《けんた》はとまどう。

背筋《せすじ》に冷《つめ》たいものを感《かん》じる。

そんな健太《けんた》に、その人《ひと》はニヤリと笑《わら》った。

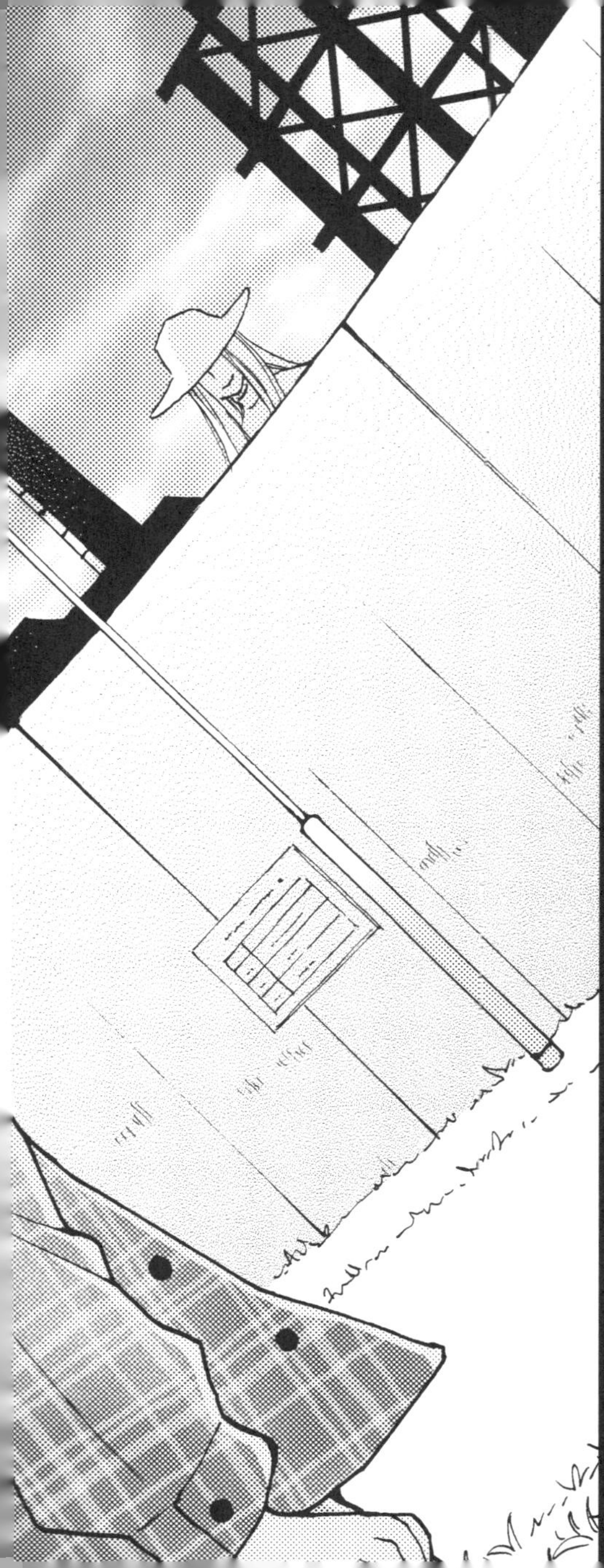

「ぽ、ぽぽ、ぽぽぽ」

ぶきみな声《こえ》。

健太《けんた》はそれを聞《き》き、ハッと気《き》づいた。

（この人《ひと》、八尺《はっしゃく》さまだ!!）

「ぽ、ぽぽぽぽぽぽぽ」

「うわあああ!!」

健太《けんた》はあわててその場《ば》から逃《に》げだした。

一方《いっぽう》――。

美希《みき》は、健太《けんた》の家《いえ》へやってきていた。

どこを捜《さが》してもいなかったので、しかたなく家《いえ》を見《み》にきたのだ。

しかし、健太《けんた》はまだ帰《かえ》っていなかった。

「健太《けんた》くん、ほんとにどこに行《い》ったのかしら？」

そうつぶやいたとき、道路《どうろ》の向《む》こうから、健太《けんた》が走《はし》ってきた。

「助《たす》けてえええ！」

「健太《けんた》くん！」

「助《たす》けて！　ぼく、八尺《はっしゃく》さまにほれられちゃったんだ！」

「八尺《はっしゃく》さまに!?」

驚《おどろ》く美希《みき》の前《まえ》を通《とお》りすぎ、健太《けんた》は飛《と》びこむように家《いえ》の中《なか》に入《はい》ってしまった。

「ちょっと、健太《けんた》くん！」

そこへ、凛《りん》が駆《か》けこんできた。

「美希《みき》ちゃん、さっき健太《けんた》くんが走《はし》っていくのが見《み》えたんだけど」

「よくわからないけど、『八尺《はっしゃく》さまにほれられた』って言《い》ってたわ」

「ええ、どういうこと!?」

「詳《くわ》しく話《はなし》を聞《き》きましょ！」

ふたりは、健太《けんた》の家《いえ》へ入《はい》った。


「ねえ、どうしたのよ!?」

健太《けんた》は2階《かい》の自分《じぶん》の部屋《へや》で布団《ふとん》を頭《あたま》からかぶって泣《な》いていた。

エアコンもつけず、部屋《へや》は寒《さむ》いままだ。

美希《みき》が近《ちか》づくと、健太《けんた》は布団《ふとん》から顔《かお》を出《だ》し、こわばった表情《ひょうじょう》でふたりのほうを見《み》た。

「ホ、ホントにいたんだ。八尺《はっしゃく》さまが……。ぼく、このままだと異世界《いせかい》に連《つ》れさられちゃうよ」

健太《けんた》は、先《さき》ほど工場跡地《こうじょうあとち》であった出来事《できごと》をふたりに話《はな》した。

「そんな……」

「健太《けんた》くん、だいじょうぶ？」

凛《りん》は健太《けんた》の手《て》をやさしく握《にぎ》りしめる。

「も〜、どうしてこういうときにかぎって、真実《しんじつ》くんがいないのよ」

「ええっ、いないの？」

「用事《ようじ》があるって言《い》って、どこかに出《で》かけちゃったわ」

「えええ、ぼくのことなんかどうでもいいの!?　連《つ》れさられちゃってもいいの!?」

「そうじゃないよ。まさか八尺《はっしゃく》さまと遭遇《そうぐう》するなんて知《し》らなかったからだよ」

凛《りん》があわてて、真実《しんじつ》をかばう。

「それはそうだけど……。だけどこのままじゃ、八尺《はっしゃく》さまが家《いえ》まで来《き》ちゃうよ！」

「さすがにそれはまずいわね。何《なに》か手《て》を打《う》たなくちゃ」

そのとき、凛《りん》がハッと思《おも》いついたように言《い》った。

「そうだ。健太《けんた》くんが連《つ》れさられずにすむいい方法《ほうほう》があるよ」

「凛《りん》くん、教《おし》えて！　ぼく、異世界《いせかい》なんか行《い》きたくない！」

「ネットに書《か》いてあったんだけどね、部屋《へや》の四《よ》すみに盛《も》り塩《じお》をすれば、悪《わる》い霊《れい》とかが部屋《へや》に入《はい》ってこられなくなるんだって」

「盛《も》り塩《じお》って魔《ま》よけになるものね！　あっ、うちにおふだがあるわ！　前《まえ》に花森小新聞《はなもりしょうしんぶん》で心霊現象《しんれいげんしょう》を特集《とくしゅう》したときに買《か》ったの」

「そうなんだ。じゃあ、ボクは新《あたら》しいお塩《しお》を持《も》ってくるから、美希《みき》ちゃんはおふだを持《も》ってきて」

「わかった！」

「ありがとう、ふたりとも」

「ボク、健太《けんた》くんが連《つ》れさられるなんて、ぜったいいやだもん！」

「凛《りん》くん……」

「だって、ボクたち友達《ともだち》でしょ。友達《ともだち》のピンチを助《たす》けるのが本当《ほんとう》の友達《ともだち》だもんね。健太《けんた》くんは、このまま部屋《へや》で待《ま》ってて。すぐ戻《もど》ってくるから。あっ、このままだと寒《さむ》くて風邪《かぜ》ひいちゃうから、暖《あたた》かくしたほうがいいよ」

「ううう、凛《りん》くんはなんてやさしいんだ。うん、わかった。部屋《へや》を暖《あたた》

盛《も》り塩《じお》
飲食店《いんしょくてん》の入《い》り口《ぐち》に盛《も》り塩《じお》があることも多《おお》いが、これは、魔《ま》よけの意味《いみ》だけではなく、よいお客《きゃく》さんが来《く》ることを願《ねが》ってのことらしい。中国《ちゅうごく》から伝《つた》わったともいわれる古《ふる》い風習《ふうしゅう》で、平安《へいあん》時代《じだい》には、牛車《ぎっしゃ》（牛《うし》がひく乗《の》り物《もの》）の牛《うし》が、塩《しお》をなめにくるように置《お》かれた。当《とう》時《じ》、牛車《ぎっしゃ》に乗《の》れるのは権《けん》力者《りょくしゃ》だけで、そのような人《ひと》が立《た》ち寄《よ》る家《いえ》は、縁起《えんぎ》がいいとされた。

かくして待《ま》ってる。ありがとう、ホントにありがとう！」

健太《けんた》は凛《りん》のやさしさに感激《かんげき》するのだった。

しばらくして。

美希《みき》がおふだを、凛《りん》が塩《しお》を持《も》って、健太《けんた》の部屋《へや》に戻《もど》ってきた。

「待《ま》ってたよ！」

部屋《へや》はエアコンがつけられていて、暖《あたた》かくなっている。

「あったか〜い」

「外《そと》は寒《さむ》かったもんね」

「さあ、健太《けんた》くんを守《まも》る作戦《さくせん》を開始《かいし》するわよ！」

美希《みき》は持《も》ってきたバッグを開《あ》けると、数《かぞ》え切《き》れないほどのおふだを手《て》に取《と》った。

「そんなにあるの？」

「買《か》ったのは1枚《まい》だけよ。あとはわたしが、まねをしてつくったの」

「ええ？　そんなので効果《こうか》あるの？」

「数《かず》が多《おお》いに越《こ》したことないでしょ。ほら、じっとしてて」

美希《みき》は健太《けんた》の全身《ぜんしん》にペタペタとおふだを貼《は》りはじめた。

「わわわ」

「全身《ぜんしん》におふだを貼《は》れば、八尺《はっしゃく》さまも近《ちか》づいてこないでしょ」

「そうだけど、これじゃあ『おふだ男《おとこ》』になっちゃうよ！」

「いいからいいから！」

美希《みき》は健太《けんた》のひたいにもおふだを貼《は》った。

一方《いっぽう》、凛《りん》はバッグから真新《まあたら》しい塩《しお》の袋《ふくろ》を取《と》りだした。

「じゃあ、盛《も》り塩《じお》もするね」

そう言《い》って、ハサミで袋《ふくろ》の端《はし》を切《き》る。

「わたしも手伝《てつだ》うわ！」

美希《みき》はそう言《い》うと、袋《ふくろ》から塩《しお》を取《と》り、部屋《へや》のすみに移動《いどう》した。

「部屋《へや》の四《よ》すみに、塩《しお》を山《やま》のように盛《も》っていくのよね」

美希《みき》は部屋《へや》のすみに紙《かみ》をしき、手《て》の中《なか》の塩《しお》を使《つか》って小《ちい》さな山《やま》をつくる。

「じゃあボクも」

凛《りん》は美希《みき》のつくった山《やま》にならって、ほかのすみにも塩《しお》の山《やま》をつくっていった。

部屋《へや》の四《よ》すみに、真《ま》っ白《しろ》な塩《しお》が盛《も》られた。

「よし、できた。これでもうだいじょうぶよ！」

美希《みき》はニッコリとほほえんだ。

ふと、凛《りん》が部屋《へや》の時計《とけい》を見《み》た。

夜《よる》の7時《じ》を過《す》ぎている。

「もう、こんな時間《じかん》だ。美希《みき》ちゃん、そろそろ帰《かえ》ろう」

「そうね。健太《けんた》くん、今日《きょう》はずっとこの部屋《へや》の中《なか》にいるのよ」

「え～、帰《かえ》っちゃうの？」

「しょうがないでしょ。いい、健太《けんた》くん。この部屋《へや》が2階《かい》だからって安心《あんしん》しちゃダメよ。八《はっ》尺《しゃく》さまは背《せ》が高《たか》いから、窓《まど》から入《はい》ってくるかもしれないわ」

美希《みき》はそう言《い》って、凛《りん》とふたりで窓《まど》の鍵《かぎ》が閉《し》まっているかを確認《かくにん》する。

「それと、ドアも開《あ》けちゃダメだからね！　八尺《はっしゃく》さまは、身近《みぢか》な人《ひと》の声《こえ》をまねてドアを開《あ》け

させようとするらしいから」

「うん、わかった。部屋《へや》から出《で》ないし、ドアも開《あ》けないよ！」

「あと、盛《も》り塩《じお》が黒《くろ》くなったら注意《ちゅうい》するのよ。まがまがしいものが近《ちか》づいてきている証拠《しょうこ》だからね」

それだけ言《い》うと、美希《みき》と凛《りん》は、不安《ふあん》そうな健太《けんた》を残《のこ》して、あわただしく帰《かえ》っていった。


「これだけ準備《じゅんび》すれば、だいじょうぶだよね……」

美希《みき》と凛《りん》が帰《かえ》って、30分《ぷん》ほどが過《す》ぎた。

健太《けんた》は部屋《へや》でひとり、ベッドの上《うえ》に座《すわ》っていた。

部屋《へや》はシンと静《しず》まりかえっている。

今《いま》のところ、八尺《はっしゃく》さまの来《く》る気配《けはい》はない。

（なんだか、おなかがすいてきちゃった）

外《そと》から帰《かえ》ってきてからというもの、健太《けんた》は何《なに》も食《た》べていなかった。

（食《た》べ物《もの》を取《と》りにいきたいけど……）

ドアのほうを見《み》る。

しかし、部屋《へや》から出《で》るのはダメだと美希《みき》に言《い》われた。

健太《けんた》は、つばを飲《の》みこんで、空腹《くうふく》をがまんするしかなかった。

「ん？」

ふと、健太《けんた》は盛《も》り塩《じお》のほうを見《み》た。

何《なに》かがおかしい。

健太《けんた》は目《め》をこらしてよく見《み》てみる。

「えっ⁉」

真《ま》っ白《しろ》な盛《も》り塩《じお》に、黒《くろ》い点《てん》が見《み》える。

点《てん》はどんどん大《おお》きくなっていき、真《ま》っ白《しろ》な塩《しお》を黒《くろ》く染《そ》めていった。

「これって、さっき美希《みき》ちゃんが言《い》ってた……⁉」

美希《みき》はまがまがしいものが近《ちか》づいてくると黒《くろ》くなると言《い》っていた。

健太《けんた》はほかの盛《も》り塩《じお》も見《み》てみる。

ほかの盛《も》り塩《じお》も、なぜか黒《くろ》くなっていた。

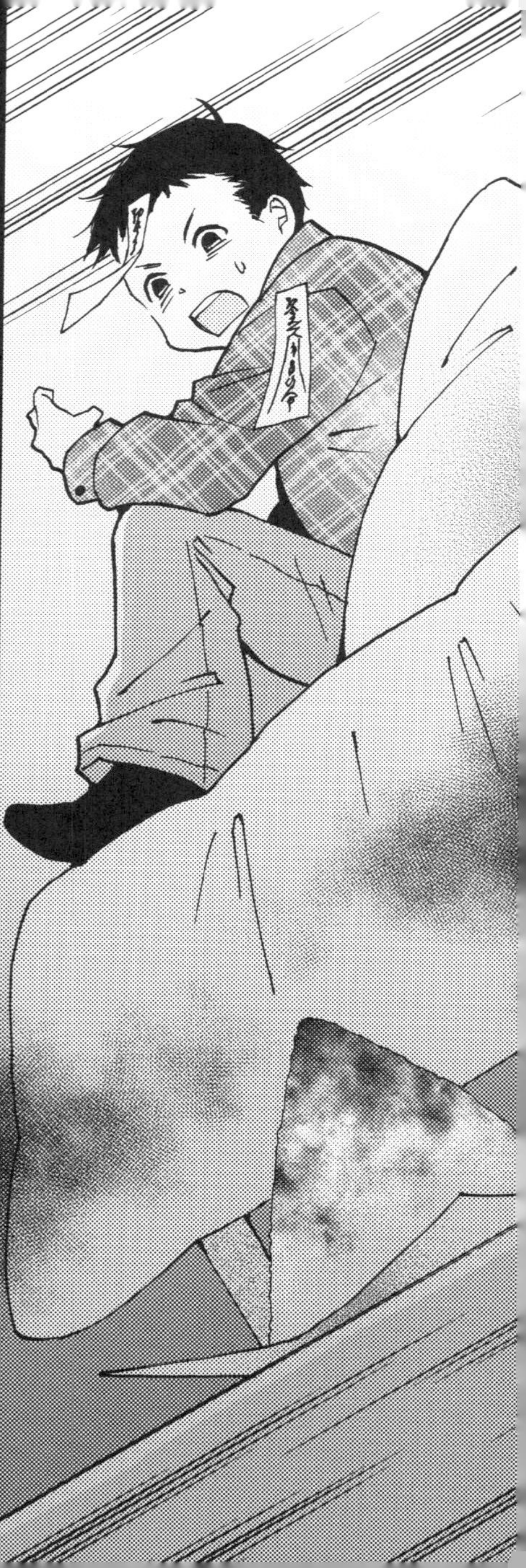

「そんな！」

ぽ、ぽぽぽ

突然《とつぜん》、音《おと》が響《ひび》いた。

窓《まど》のほうからだ。

「えっ、この声《こえ》は……」

健太《けんた》は恐怖《きょうふ》におののきながら窓《まど》を見《み》た。

「あああ！」

窓《まど》ガラスに、何《なに》かが浮《う》かびあがる。

文字《もじ》だ。

窓《まど》の外《そと》から書《か》かれているのか、文字《もじ》が逆《ぎゃく》になっている。

「ありえないよ、ここは2階《かい》なのに！」

モウスグ　ムカエニ　イクワ

「八尺《はっしゃく》さまだ!!」

健太《けんた》はヒッとなって、ドアのほうへあとずさりした。

コン、コン!

瞬間《しゅんかん》、部屋《へや》の外《そと》からドアをたたく音《おと》が響《ひび》いた。

「ひいい!　来《き》たああ!」

健太《けんた》はその場《ば》にうずくまる。

コンコン!

「来《こ》ないで!」

コンコン!

「だから来《こ》ないでってば!」

コンコン、コンコン、コンコン——。

「ぼくだよ、真実《しんじつ》だ」

「えっ？」

どうやらドアの向《む》こうにいたのは、真実《しんじつ》のようだ。

「来《き》てくれたんだ！」

健太《けんた》は急《いそ》いでドアを開《あ》けようとした。

だが、ドアノブを持《も》つ手《て》が止《と》まる。

「ホントに、真実《しんじつ》くん……、なの？」

美希《みき》は、八尺《はっしゃく》さまは身近《みぢか》な人《ひと》の声《こえ》をまねてドアを開《あ》けさせようとすると言《い》っていた。

「まさか、八尺《はっしゃく》さま！」

「入《はい》るよ……」

ドアノブがゆっくりと回《まわ》る。

ドアがわずかに開《ひら》き、ドアのすきまからヒューッと吹《ふ》きこむ冷《つめ》たい風《かぜ》が健太《けんた》の顔《かお》に当《あ》たる。

「あ、ああ。あああ」

健太《けんた》はあまりの恐怖《きょうふ》で動《うご》けない。

ドアはさらに開《ひら》き、誰《だれ》かが部屋《へや》に入《はい》ってきた。


「アァ！　ハァフン」


健太《けんた》が意識《いしき》を失《うしな》いかけたそのとき、聞《き》きなれた声《こえ》がした。

「さっきから何《なに》をおびえているんだい？」

「へっ……？」

見《み》ると、そこに立《た》っていたのは、真実《しんじつ》だった。

「八尺《はっしゃく》さま……、じゃないの？」

「八尺《はっしゃく》さま？　健太《けんた》くん、キミは本当《ほんとう》に非科学的《ひかがくてき》だね」

非科学的《ひかがくてき》。

そんな言葉《ことば》を使《つか》うのは、真実《しんじつ》くらいだ。

「ホントに、真実《しんじつ》くんなんだね！」

「見《み》てわからないのかい？」

「だって用事《ようじ》があるって聞《き》いてたから」

「早《はや》めにすんだからようすを見《み》にきたんだ。

それにしても暑《あつ》いね、この部屋《へや》は」

真実《しんじつ》はそう言《い》うと、くもった眼鏡《めがね》をふいた。

「ホントに真実《しんじつ》くんだ！」

眼鏡《めがね》をかけなおすと、真実《しんじつ》は全身《ぜんしん》おふだだらけの健太《けんた》の姿《すがた》を見《み》て、一瞬《いっしゅん》ひるむ。

「なんだいその姿《すがた》は？」

「真実《しんじつ》くん、ぼく、すごく怖《こわ》かったんだよ！」

健太《けんた》は八尺《はっしゃく》さまにほれられてしまったことを話《はな》した。

「ほら、あれを見《み》て！　八尺《はっしゃく》さま、さっき窓《まど》の外《そと》にぼくを迎《むか》えにいくって文字《もじ》を書《か》いたんだよ！」

「窓《まど》の外《そと》に？」

真実《しんじつ》は窓《まど》に書《か》かれた文字《もじ》をじっと見《み》つめた。

「健太《けんた》くん、この文字《もじ》は『内側《うちがわ》』から書《か》かれてるよ」

「えっ？」

健太《けんた》も文字《もじ》を見《み》てみる。

たしかに、文字《もじ》は内側《うちがわ》から鏡文字《かがみもじ》で書《か》かれていた。

「どういうこと？」

「健太《けんた》くん、この部屋《へや》で起《お》きた異変《いへん》はほかにもあるのかい？」

「えっ、あっ、盛《も》り塩《じお》！　盛《も》り塩《じお》も黒《くろ》くなっちゃったんだ！」

真実《しんじつ》は健太《けんた》に言《い》われ、四《よ》すみにある盛《も》り塩《じお》を見《み》つめた。

「この塩《しお》はもともと白《しろ》かったのかい？」

「うん。だんだん黒《くろ》くなって。きっと八尺《はっしゃく》さまが近《ちか》づいてきたからだよ！」

「だんだん黒《くろ》く、か……」

真実《しんじつ》は盛《も》り塩《じお》の前《まえ》でしゃがむと、口元《くちもと》に手《て》をあてた。

「この盛《も》り塩《じお》……、湿《しめ》ってるね。それに、このにおいは……」

「えっ？　それはおかしいよ。だって、袋《ふくろ》に入《はい》った新品《しんぴん》の塩《しお》だったんだよ」

真実《しんじつ》はふと、エアコンを見《み》た。

「エアコンをつけたのは、いつだい？」

「いつって、1時間《じかん》ぐらい前《まえ》かなぁ」

「そうか……」

真実《しんじつ》は盛《も》り塩《じお》のにおいをかいだ。

「なるほど」

真実《しんじつ》は立《た》ちあがると、人差《ひとさ》し指《ゆび》で眼鏡《めがね》をクイッとあげ、健太《けんた》のほうを見《み》た。

「ナゾが解《と》けたよ。窓《まど》に文字《もじ》が浮《う》かびあがったのも、盛《も》り塩《じお》が黒《くろ》くなったのも、すべては、この部屋《へや》のせいだったんだ」

「この部屋《へや》のせい？」

いったい、それはどういうことなのだろう？

どちらのナゾも水《みず》が関係《かんけい》しているよ

解《かい》決《けつ》編《へん》

真実《しんじつ》は文字《もじ》の浮《う》かびあがった窓《まど》の前《まえ》に立《た》った。

「真実《しんじつ》くん、どうして文字《もじ》が浮《う》かびあがったのは、この部屋《へや》のせいなの？」

「文字《もじ》は窓《まど》の内側《うちがわ》に書《か》かれていただろう。つまり、誰《だれ》かがこの部屋《へや》の中《なか》から書《か》いたということだ」

「だけど、ついさっきまで文字《もじ》なんかなかったんだよ」

「トリックだよ。ある条件《じょうけん》で文字《もじ》が浮《う》かびあがるようにしくまれていたんだ」

「条件《じょうけん》って？」

「健太《けんた》くんはさっき、エアコンを1時間《じかん》ぐらい前《まえ》につけたと言《い》ってたよね。犯人《はんにん》は、エアコンをつけて部屋《へや》が暖《あたた》かくなるのを利用《りよう》したんだ。見《み》てごらん。窓《まど》がくもっているだろう？」

「うん……」

「これは、外《そと》の温度《おんど》が低《ひく》いのに、部屋《へや》の中《なか》の温度《おんど》

「結露《けつろ》」のできかた

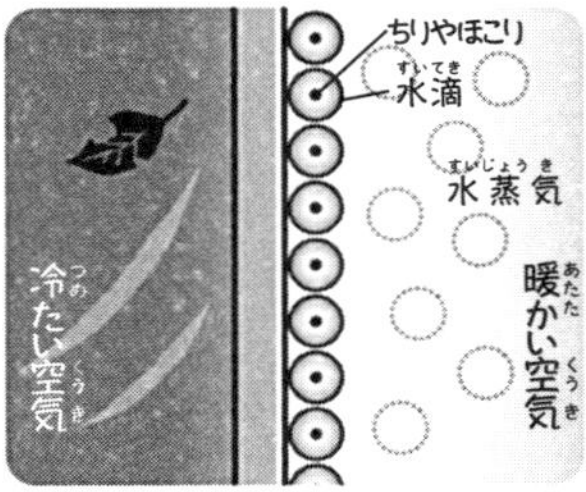

窓《まど》ガラスの近《ちか》くの水蒸気《すいじょうき》が外《そと》の冷《つめ》たい空気《くうき》に冷《ひ》やされると、ちりやほこりを中心《ちゅうしん》にして集《あつ》まりはじめ、水滴《すいてき》になる。

が高《たか》いときに起《お》こる現象《げんしょう》なんだ。犯人《はんにん》はあらかじめ、窓《まど》に指《ゆび》で文字《もじ》を書《か》いていた。しかも外《そと》から書《か》いているように見《み》せるために、わざわざ鏡《かがみ》文字《もじ》にしてね。そして、部屋《へや》が暖《あたた》められて、窓《まど》ガラスに水滴《すいてき》がついたことにより、その文字《もじ》が浮《う》かびあがってきたんだ」

「そうなんだ」

「これは『結露《けつろ》』という現象《げんしょう》だよ。温度差《おんどさ》によって空気中《くうきちゅう》の水蒸気《すいじょうき》が液体《えきたい》に変化《へんか》し、水滴《すいてき》となって窓《まど》にくっつくんだ」

「そうか、冬《ふゆ》の寒《さむ》い朝《あさ》によくなるやつだね」

「そして、盛《も》り塩《じお》が黒《くろ》くなったのも、部屋《へや》が暖《あたた》かくなったせいだよ。においをかいでごらん」

「においを？」

文字《もじ》が浮《う》かびあがるしくみ

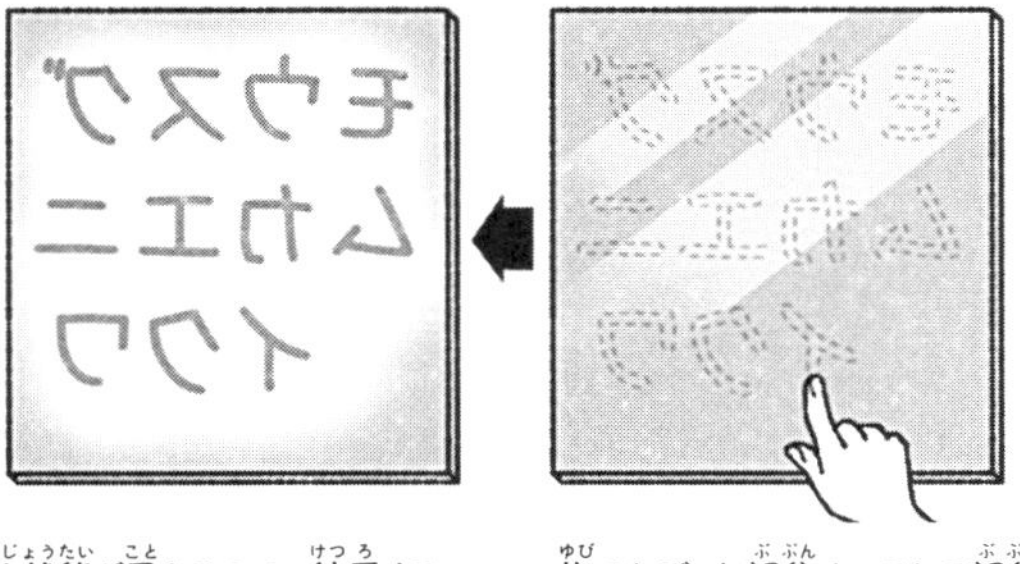

指《ゆび》でなぞった部分《ぶぶん》は、ほかの部分《ぶぶん》と、ちりやほこりのつきかたが異《こと》なっている。

ほかと状態《じょうたい》が異《こと》なるので、結露《けつろ》するタイミングがずれて、書《か》いた文字《もじ》が浮《う》きあがって見《み》える。

健太《けんた》は盛《も》り塩《じお》に顔《かお》を近《ちか》づけ、鼻《はな》をクンクンさせた。

「あれ？　なんだか、かいだことがあるにおいだ。ええっと、そう、墨《すみ》のにおい！」

「そのとおり。盛《も》り塩《じお》は湿《しめ》っていただろう。おそらく、盛《も》り塩《じお》の中《なか》に墨《すみ》を混《ま》ぜた水《みず》でつくった氷《こおり》が隠《かく》されていたんだ。部屋《へや》が暖《あたた》かくなることによって、その氷《こおり》が解《と》けて、塩《しお》を黒《くろ》くしたんだよ」

「それって、つまりトリックってこと？」

「そう。水《みず》、つまり液体《えきたい》は、温度《おんど》によって、水蒸気《すいじょうき》のような気体《きたい》や、氷《こおり》のような固体《こたい》に変化《へんか》する。犯人《はんにん》はそれを利用《りよう》して、健太《けんた》くんを怖《こわ》がらせようとしたんだ」

「そうなんだ！　だけどいったい誰《だれ》が？」

そのとき、窓《まど》の外《そと》から音《おと》が聞《き》こえた。

ぽ、ぽぽぽ

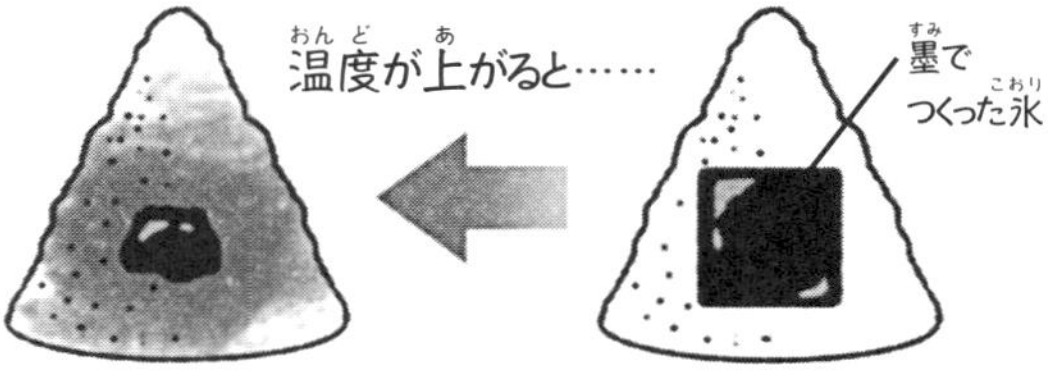

「八尺《はっしゃく》さまの声《こえ》だ!!」

健太《けんた》は思《おも》わず真実《しんじつ》にしがみつく。

「いや、今《いま》のは……」

真実《しんじつ》は健太《けんた》をやさしく引《ひ》きはがすと、窓《まど》を開《あ》けた。

「やっぱり。健太《けんた》くん、見《み》てごらん。あれが『声《こえ》』の正体《しょうたい》だ」

「えっ？」

健太《けんた》は真実《しんじつ》のもとへ近《ちか》づくと、おそるおそる窓《まど》の外《そと》を見《み》た。

そこには、エアコンの排水《はいすい》ホースが見《み》えた。

ぽ、ぽぽぽ

その排水《はいすい》ホースから、音《おと》が響《ひび》いている。

「どういうこと？」

「閉《し》めきった部屋《へや》は空気《くうき》の通《とお》る場所《ばしょ》が少《すく》ないんだ。そのせいで、排水《はいすい》ホースが空気《くうき》の通《とお》り道《みち》になることがある。そのときに、ホースに水《みず》が溜《た》まっていると、今《いま》みたいな音《おと》がするんだ」

「そうなんだ……」

「ふだんから音《おと》は聞《き》こえていたはずだけど、気《き》にしたことはなかったんだろうね。犯人《はんにん》はおそらく、八尺《はっしゃく》さまのことを怖《こわ》がる健太《けんた》くんの心理《しんり》を利用《りよう》して、この音《おと》を八尺《はっしゃく》さまの声《こえ》に見《み》たてたんだ」

「なるほど。ぼく、あやうくだまされるところだったんだね」

「いや、完全《かんぜん》にだまされていたよね」

「あっ、そうだった」

健太《けんた》と真実《しんじつ》は顔《かお》を見《み》あわせて笑《わら》った。

健太《けんた》はふと何《なに》かを思《おも》いだし、「だけど」と話《はな》しを続《つづ》けた。

「今日《きょう》ぼく、工場跡地《こうじょうあとち》で、塀《へい》の上《うえ》に顔《かお》を出《だ》した2メートル以上《いじょう》も背《せ》のある女《おんな》の人《ひと》を見《み》たよ」

「それは、ちゃんと体《からだ》も確認《かくにん》したかい？」

音《おと》が出《で》るしくみ

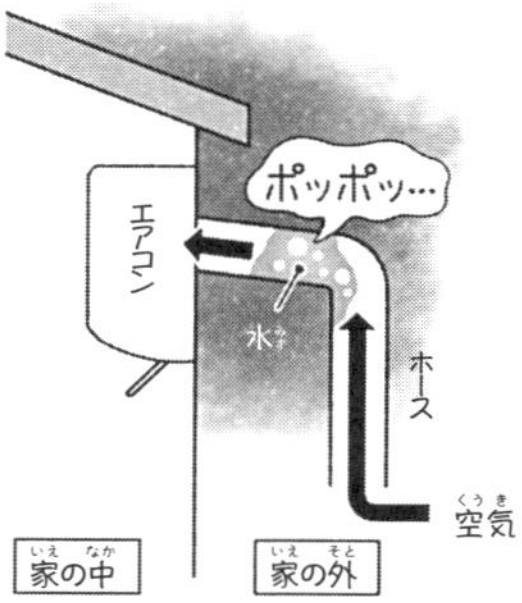

エアコン内《ない》やホースに結露《けつろ》した水《みず》は、通常《つうじょう》は、ホースを通《とお》って外《そと》に出《で》るが、閉《し》めきった部屋《へや》などで空気《くうき》の流《なが》れが悪《わる》いと、ホースの中《なか》に溜《た》まってしまう。その中《なか》を空気《くうき》が通《とお》ることで、音《おと》が発生《はっせい》する。

「えっ？　いや、すぐ逃《に》げたから、塀《へい》の上《うえ》から見《み》えた顔《かお》しか確認《かくにん》してないけど……」

「だったらトリックは簡単《かんたん》だよ。犯人《はんにん》は塀《へい》の向《む》こうではしごや竹馬《たけうま》に乗《の》って、顔《かお》を出《だ》していただけだろう」

「そんな簡単《かんたん》なトリックなの？」

「ああ。怖《こわ》いと思《おも》わせれば、絶対《ぜったい》に近《ちか》づいてこないってわかっていたんだろうね」

どうやら犯人《はんにん》は、健太《けんた》の心理《しんり》をうまく利用《りよう》していたようだ。

「いったい誰《だれ》がそんなことを……!?」

「この部屋《へや》に墨《すみ》でつくった氷《こおり》を持《も》ちこめた人物《じんぶつ》だよ。たぶん、その人物《じんぶつ》は、盛《も》り塩《じお》を黒《くろ》くするために、魔法《まほう》びんか何《なに》かに凍《こお》った墨《すみ》を入《い》れて持《も》ってきたはずだ」

真実《しんじつ》はそう言《い》うと、健太《けんた》の目《め》をまっすぐに見《み》つめた。

「健太《けんた》くん、この部屋《へや》には、キミ以外《いがい》に誰《だれ》がいたんだい？」

その日《ひ》の夜《よる》――。

時計《とけい》の針《はり》が午前《ごぜん》0時《じ》を回《まわ》ろうとしていた時刻《じこく》。

うす暗《ぐら》い部屋《へや》の中《なか》、誰《だれ》かが椅子《いす》に座《すわ》っていた。

美希《みき》だ。

美希《みき》は、机《つくえ》の上《うえ》に置《お》かれたパソコンの画面《がめん》を見《み》ていた。

画面《がめん》には、予言《よげん》をおこなう未来人《みらいじん》I《アイ》の動画《どうが》が映《うつ》っている。

未来人《みらいじん》I《アイ》は、予言《よげん》を言《い》いおえると、指《ゆび》をパチンと鳴《な》らした。

その姿《すがた》を、美希《みき》はじっと見《み》つめていた。

6

SCIENCE TRICK DATA FILE

科学《かがく》トリックデータファイル

身近《みぢか》な水《みず》の意外《いがい》な話《はなし》

液体《えきたい》の水《みず》は、0度《ど》で固体《こたい》（氷《こおり》）になり、100度《ど》で気体《きたい》（水蒸気《すいじょうき》）になります（1気圧《きあつ》のとき）。このように、ふつうに暮《く》らしているなかで、固体《こたい》、液体《えきたい》、気体《きたい》の三《みっ》つの状態《じょうたい》を見《み》られる物質《ぶっしつ》は、意外《いがい》にめずらしいのです。

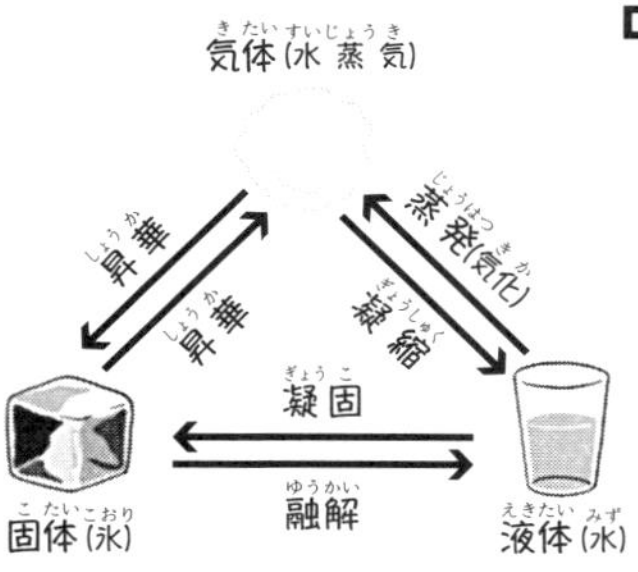

【知《し》ってる? こんな水《みず》の不思議《ふしぎ》】

ちょうど100度《ど》で沸騰《ふっとう》するのはなぜ?

水《みず》が沸騰《ふっとう》する温度《おんど》を100度《ど》、氷《こおり》になる温度《おんど》を0度《ど》として、温度《おんど》を決《き》めたから。これを摂氏温度《せっしおんど》という。

4度《ど》のときがもっとも重《おも》い

体積《たいせき》が最小《さいしょう》になるのは、4度《ど》のとき。つまり、同《おな》じ体積《たいせき》ならば、もっとも重《おも》くなる。

水《みず》は「異常液体《いじょうえきたい》」

水《みず》は固体《こたい》のときのほうが、液体《えきたい》のときよりも、体積《たいせき》が大《おお》きい。こういった物質《ぶっしつ》はとてもめずらしく、「異常液体《いじょうえきたい》」と呼《よ》ばれている

富士山頂《ふじさんちょう》では87度《ど》で沸騰《ふっとう》する

高《たか》い山《やま》など、気圧《きあつ》の低《ひく》い場所《ばしょ》では、100度《ど》より低《ひく》い温度《おんど》で沸騰《ふっとう》する。

A.まだわかっていないことも多《おお》いんだよ

次《つぎ》の日《ひ》の朝《あさ》――。

真実《しんじつ》は健太《けんた》とともに通学路《つうがくろ》を歩《ある》いていた。

「未来人《みらいじん》Ｉ《アイ》は、ぼくたちのそばにずっといたんだよ」

「えええ⁉」

「最初《さいしょ》に気《き》づいたのは、人面犬《じんめんけん》のときだ」

人面犬《じんめんけん》は、どれだけ逃《に》げても追《お》いかけてきた。

追《お》いかけてきた理由《りゆう》は、犬笛《いぬぶえ》の音《おと》に反応《はんのう》したためだ。

「つまり、人面犬《じんめんけん》にぼくたちを追《お》いかけさせようとすれば、常《つね》にぼくたちのそばで犬笛《いぬぶえ》を吹《ふ》いていないといけないんだ」

「うん。それって未来人《みらいじん》Ｉ《アイ》が近《ちか》くに隠《かく》れていたってことだよね？」

「いいや、隠《かく》れていたんじゃない。未来人《みらいじん》Ｉ《アイ》はぼくたちの中《なか》にまぎれていたんだ」

「まぎれていた？」

首《くび》をかしげる健太《けんた》に、真実《しんじつ》は話《はなし》を続《つづ》けた。

「昨日《きのう》、ぼくは放課後《ほうかご》に、あるところへ行《い》ってきたんだ」

「用事《ようじ》があったんだよね？」

「ああ。用事《ようじ》というのは、お店《みせ》に行《い》くことだったんだ」

「買《か》い物《もの》でもしてたの？」

「そうじゃない。未来人Ｉ《みらいじんアイ》は今《いま》までいろんなトリックをしかけてきただろう。だけど、そのしかけは特殊《とくしゅ》なものが多《おお》いから、調《しら》べていけば誰《だれ》が買《か》ったのかわかると思《おも》ったんだ」

「なるほど、たしかにそうかもね」

「それで、犬笛《いぬぶえ》を売《う》っているペットショップに行《い》ってみたんだ」

「そうか！　犬笛《いぬぶえ》は未来人Ｉ《みらいじんアイ》が持《も》っていたんだもんね！」

「ほかにも、お墓《はか》を照《て》らした低圧《ていあつ》ナトリウムランプを売《う》っていた電気店《でんきてん》にも行《い》ってみたよ。ぼくはそれぞれのお店《みせ》で、ある人物《じんぶつ》の写真《しゃしん》を見《み》てもらったんだ」

「それって未来人Ｉ《みらいじんアイ》の？　ねえ、いったい誰《だれ》なの!?」

「今向《いまむ》かっている場所《ばしょ》にいる」

「今《いま》って、向《む》かってるのは、学校《がっこう》だよ!?」

「未来人Ｉ《みらいじんアイ》は、ぼくたちの学校《がっこう》にいるんだ」

「えええ!?」

驚《おどろ》く健太《けんた》に、真実《しんじつ》は1枚《まい》の紙切《かみき》れを見《み》せた。

そこには、「MIRAIJIN《みらいじん》　I《アイ》」と書《か》かれていた。

「健太《けんた》くんはアナグラムって知《し》っているかい？」

「アナグラム……？」

「暗号《あんごう》の一種《いっしゅ》さ。ある言葉《ことば》の文字《もじ》をひとつひとつバラバラにしてからつなぎあわせて、まったく別《べつ》の文章《ぶんしょう》や言葉《ことば》をつくるものだよ。

……未来人《みらいじん》I《アイ》は、最初《さいしょ》からアナグラムを使《つか》って自分《じぶん》の名前《なまえ》をぼくたちの前《まえ》にさらしていたんだ。大胆不敵《だいたんふてき》とはこのことを言《い》うんだろうね。どんな名前《なまえ》になるか、キミも考《かんが》えてごらん」


そのころ、花森小学校《はなもりしょうがっこう》の図書室《としょしつ》に、ふたりの人影《ひとかげ》が立《た》っていた。

ひとりは、飯島凛《いいじまりん》である。

もうひとりは、美希《みき》だった。

アナグラム
ギリシャ語《ご》で、「ふたたび書《か》く」という意《い》味《み》。有名《ゆうめい》なアナグラムの例《れい》として、Florence《フローレンス》 Nightingale《ナイチンゲール》（医療《いりょう》や看護教育制度《かんごきょういくせいど》を改革《かいかく》した看護師《かんごし》で、「クリミアの天使《てんし》」と呼《よ》ばれた）→ Flit on, cheering《フリット オン チアリング》 angel《エンジェル》.（軽《かろ》やかに飛《と》び続《つづ》けよ、人々《ひとびと》をはげます天使《てんし》よ）がある。

アナグラムの例《れい》

凛《りん》は図書係《としょがかり》なので、朝《あさ》、本《ほん》の整理《せいり》をするために図書室《としょしつ》に来《き》ていた。

そんな凛《りん》のもとに、美希《みき》がやってきたのだ。

「美希《みき》ちゃん……。何《なに》を言《い》ってるのか、ボク、さっぱりわからないよ」

凛《りん》は美希《みき》のほうを見《み》てとまどっている。

美希《みき》は凛《りん》をじっと見《み》つめた。

「友達《ともだち》だと思《おも》っていたのに、どうしてこんなことをするの？」

「だからボクは……」

「わたし、気《き》づいちゃったの」

美希《みき》は凛《りん》の右手《みぎて》を見《み》つめる。

「凛《りん》くん、右手《みぎて》の甲《こう》にすり傷《きず》があるでしょ。人面犬《じんめんけん》におそわれたときについたのよね？」

「そうだけど……」

「その傷《きず》がね、動画《どうが》の中《なか》の未来人《みらいじん》Ｉ《アイ》にもあったのよ」

美希《みき》は、未来人《みらいじん》Ｉ《アイ》が予言《よげん》を言《い》いおわり、指《ゆび》をパチンと鳴《な》らしたとき、傷《きず》があることに気《き》づいたのだ。

Dr. Jekyll & Hyde

美希《みき》は、凜《りん》を指《ゆび》さした。

「あなたが、未来人《みらいじん》I《アイ》だったのね！」

美希《みき》はくちびるをかみしめた。

「次《つぎ》の花森小新聞《はなもりしょうしんぶん》で、真相《しんそう》を明《あき》らかにするわ」

瞬間《しゅんかん》、凜《りん》がほほえんだ。

「……そうだよね。キミにとっては、まさに大《だい》スクープだね」

凜《りん》は持《も》っていた本《ほん》をパタンと閉《と》じる。

表紙《ひょうし》には『The《ザ》 Strange《ストレンジ》 Case《ケース》 of《オブ》 Dr.《ドクター》 Jekyll《ジキル》 &《アンド》 Mr.《ミスター》 Hyde《ハイド》—ジキル博士《はかせ》とハイド氏《し》』とタイトルが書《か》かれていた。

「——美希《みき》ちゃん、もっとすごい真相《しんそう》を知《し》りたくないかい？」

凜《りん》は悪魔《あくま》のような笑《え》みを浮《う》かべて、ゆっくりと美希《みき》に近《ちか》づいた。

しばらくして——。

真実《しんじつ》と健太《けんた》が図書室《としょしつ》にやってきた。

『ジキル博士《はかせ》とハイド氏《し》』
イギリスの作家《さっか》・スティーブンソンの小説《しょうせつ》。高名《こうめい》で人格者《じんかくしゃ》のジキル博士《はかせ》が、自分《じぶん》の発明《はつめい》した薬《くすり》を飲《の》むと、極悪非道《ごくあくひどう》なハイド氏《し》に変身《へんしん》するという話《はなし》。この題名《だいめい》は、二重人格《にじゅうじんかく》を表《あらわ》す言葉《ことば》としてよく使《つか》われる。

「まさか、凛《りん》くんが未来人Ｉ《みらいじんアイ》だったなんて」

健太《けんた》の手《て》には、アナグラムを解《と》いた紙《かみ》が握《にぎ》られていた。

そこには、「ＩＩＪＩＭＡ《いいじま》　ＲＩＮ《りん》」とある。

図書室《としょしつ》には、誰《だれ》もいなかった。

「おかしい。彼《かれ》は係《かかり》の仕事《しごと》で朝《あさ》から来《き》ているはずなのに」

「真実《しんじつ》くん、あれは？」

健太《けんた》がテーブルを指《ゆび》さす。

テーブルの上《うえ》には、パソコンが置《お》かれていた。

ふたりが近《ちか》づくと、画面《がめん》に動画《どうが》が表示《ひょうじ》された。

そこには、仮面《かめん》をかぶった未来人Ｉ《みらいじんアイ》が映《うつ》っていた。

「真実《しんじつ》クン、ソロソロボクノ正体《しょうたい》ニ気《き》ヅイテ、ヤッテクルコロダト思《おも》ッテイタヨ」

未来人Ｉ《みらいじんアイ》はゆっくりと仮面《かめん》を取《と》る。

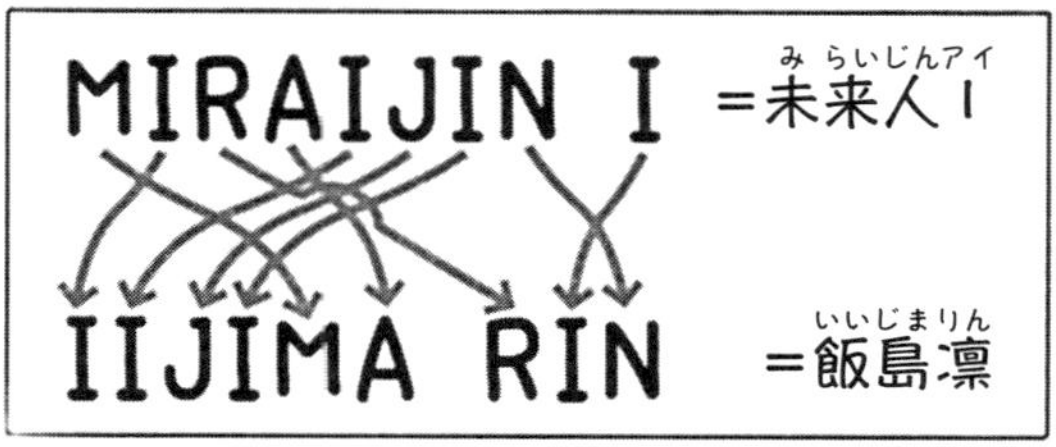

すると、ぶきみな笑《え》みを浮《う》かべた凛《りん》の顔《かお》が現《あらわ》れた。

「ああ、やっぱり！」

「……タクシーの幽霊《ゆうれい》や、八尺《はっしゃく》さまも、すべて変装《へんそう》した彼《かれ》だったんだ」

「なんだか、ぼく信《しん》じられないよ。どうして凛《りん》くんはこんなことを？　まさか！　真実《しんじつ》くんのお父《とう》さんが行方《ゆくえ》不明《ふめい》になったことと何《なに》か関係《かんけい》があるの⁉」

「それはわからない。わからないけど、彼《かれ》の父親《ちちおや》であるホームズ学園《がくえん》の学園長《がくえんちょう》が、父《とう》さんを捜《さが》すのを待《ま》つように言《い》っていたというのは、うそなのかもしれない」

「そんな！」

真実《しんじつ》は画面《がめん》の中《なか》の凛《りん》をじっと見《み》つめた。

そのとき、画面《がめん》の中《なか》の凛《りん》がゆっくりと口《くち》を開《ひら》いた。

「キミたちのほかにも、ボクの正体《しょうたい》に気《き》づいた人《ひと》がいたよ」

「えっ？」

ふたりに緊張《きんちょう》が走《はし》った。

「青井美希《あおいみき》は預《あず》かったよ。返《かえ》してほしければ、ホームズ学園《がくえん》に来《く》るんだ」

「えええ!?」

凛《りん》は指《ゆび》をパチンと鳴《な》らす。画面《がめん》が暗《くら》くなっていく。

凛《りん》の姿《すがた》が消《き》え、砂嵐《すなあらし》が映《うつ》しだされる。

ザー、ザザッ　ザー、ザザッ

動画《どうが》はそのまま終了《しゅうりょう》した。

「真実《しんじつ》くん、美希《みき》ちゃんが！」

「まさか、こんなことをするなんて。……彼《かれ》が何《なに》を考《かんが》えているかわからない。

だけど、美希《みき》さんを連《つ》れさった以上《いじょう》、ほうっておくことはできない」

真実《しんじつ》はこぶしを強《つよ》く握《にぎ》りしめた。

「行《い》こう、ホームズ学園《がくえん》へ――」

真実《しんじつ》の言葉《ことば》に、健太《けんた》は大《おお》きくうなずいた。

（つづく）

魔界の都市伝説 - エピローグ

その後《ご》の科学探偵《かがくたんてい》「八尺《はっしゃく》さまの正体《しょうたい》」

著者紹介

佐東みどり

脚本家・作家。アニメ「サザエさん」「ハローキティとあそぼう！まなぼう！」などを担当。小説に「恐怖コレクター」シリーズ、『謎新聞ミライタイムズ』などがある。
（執筆：プロローグ、5章、6章、エピローグ）

石川北二

監督・脚本家。脚本家として、映画「かずら」（共同脚本）、「燐寸少女 マッチショウジョ」などを担当。監督としての代表作に、映画「ラブ★コン」などがある。
（執筆：4章）

木滝りま

脚本家・作家。脚本家として、ドラマ「念力家族」「ほんとにあった怖い話」、アニメ「スイートプリキュア♪」など。代表作に、『世にも奇妙な物語 ドラマノベライズ 恐怖のはじまり編』がある。
（執筆：2章、3章）

田中智章

監督・脚本家。脚本家として、アニメ「ドラえもん」、映画「シャニダールの花」などを担当。監督としての代表作に、映画「放課後ノート」「花になる」などがある。
（執筆：1章）

挿画

木々（KIKI）

マンガ家・イラストレーター。代表作に、「バリエガーデン」シリーズ、「ラヴ ミー テンダー」シリーズなどがある。
公式サイト：http://www.kikihouse.com/

ブックデザイン
辻中浩一、吉田帆波（ウフ）

協力
ＪＣＭ

舞台《ぶたい》はついに
ホームズ学園《がくえん》へ!!

好評発売中《こうひょうはつばいちゅう》！

科学探偵《かがくたんてい》 謎野真実《なぞのしんじつ》シリーズ４

科学探偵《かがくたんてい》 VS.《ブイエス》 闇《やみ》のホームズ学園《がくえん》

美希《みき》を追《お》って、ホームズ学園《がくえん》にやってきた真実《しんじつ》と健太《けんた》。
ふたりの行《ゆ》く手《て》をはばむのは、
ホームズ学園最強《がくえんさいきょう》を名乗《なの》る、四天王《してんのう》たちだった。
はたして真実《しんじつ》たちは、彼《かれ》らを倒《たお》すことができるのか!?
ついに、エリート探偵学校《たんていがっこう》・ホームズ学園《がくえん》の
全貌《ぜんぼう》が明《あき》らかになる！

監修　金子丈夫（筑波大学附属中学校元副校長）
編集デスク　橋田真琴、大宮耕一
編集　河西久実
校閲　朝日新聞総合サービス（宅美公美子、船橋史、西海紀子）

花森町マップ　渡辺みやこ
本文図版　楠美マユラ
コラム図版　佐藤まなか

おもな参考文献
『新編 新しい理科』3〜6（東京書籍）／『キッズペディア 科学館』日本科学未来館、筑波大学附属小学校理科部監修（小学館）／『週刊かがくる 改訂版』1〜50号（朝日新聞出版）／『週刊かがくるプラス 改訂版』1〜50号（朝日新聞出版）／「ののちゃんのDO科学」朝日新聞社（https://www.asahi.com/shimbun/nie/tamate/）

科学探偵《かがくたんてい》 謎野真実《なぞのしんじつ》シリーズ3

科学探偵《かがくたんてい》 VS.《ブイエス》 魔界《まかい》の都市伝説《としでんせつ》

2018年 3 月30日　第1刷発行
2018年12月10日　第3刷発行

著　者　作：佐東みどり　石川北二　木滝りま　田中智章　絵：木々
発行者　今田俊
発行所　朝日新聞出版
〒104-8011
東京都中央区築地5-3-2
編集　生活・文化編集部
電話　03-5541-8833（編集）
03-5540-7793（販売）

印刷所・製本所　大日本印刷株式会社
ISBN978-4-02-331640-9
定価はカバーに表示してあります

落丁・乱丁の場合は弊社業務部（03-5540-7800）へ
ご連絡ください。送料弊社負担にてお取り替えいたします。